ŒUVRES & THÈMES

William Shakespeare

Roméo et Juliette

Texte intégral

Dossier thématique

Comment parler d'amour ?

Notes et dossier

Claire Pelissier-Folcolini,
agrégée de lettres modernes

avec la collaboration d'**Hélène Potelet,**
agrégée de lettres classiques

Paris 2020
ISBN 978-2-401-06353-2

Hatier

SOMMAIRE

Roméo et Juliette

DOSSIER : COMMENT PARLER D'AMOUR ?

Shailene Woodley (dans le rôle d'Hazel Grace Lancaster) et Ansel Elgort (dans le rôle d'Augustus « Gus » Waters), dans *Nos étoiles contraires* (2014), film de Josh Boone.

LES REPÈRES CLÉS

Contexte historique

L'âge d'or anglais sous Élisabeth Ire

► La majeure partie de l'œuvre de Shakespeare est écrite pendant le règne de la reine Élisabeth Ire. Appartenant à la dynastie des Tudor, elle est à la tête de l'Angleterre et de l'Irlande de 1558 à 1603. Héritière d'Henry VIII, elle parvient à rétablir l'ordre dans un pays miné par les conflits entre catholiques et protestants.

► Le pays connaît une période d'apogée sur les plans économique, industriel et politique.

Après la mort de la reine, une période trouble

► À la mort de la reine, dernière représentante des Tudor, en 1603, Jacques VI, fils de Marie Stuart, lui succède et devient roi d'Angleterre et d'Irlande sous le nom de Jacques Ier. Il s'oppose souvent au Parlement et se retrouve l'objet de tentatives d'assassinat.

La Renaissance

► La découverte de l'imprimerie a favorisé depuis le XVe siècle une période d'essor culturel en Europe : la Renaissance.
Les auteurs antiques et la langue latine sont remis à l'honneur et inspirent les artistes.

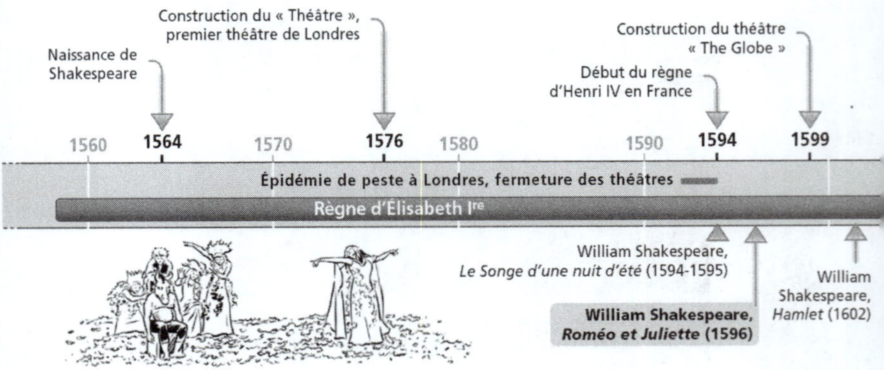

Contexte culturel

Le théâtre élisabéthain

▸ En Angleterre, Élisabeth Iʳᵉ se fait protectrice des arts.

▸ En 1576, un premier théâtre est édifié à Londres. Puis, d'autres voient le jour, comme *Le Globe*, dont Shakespeare sera partiellement propriétaire. Les bâtiments ronds, à ciel ouvert, abritent une scène surélevée. Le parterre en terre battue accueille le public modeste. Les galeries sont réservées aux spectateurs plus aisés.

La richesse des œuvres dramaturgiques

▸ Les dramaturges anglais, comme Thomas Kyd, Christopher Marlowe ou William Shakespeare, produisent des œuvres aux registres variés, alternant comique et tragique.

▸ Contrairement aux règles du théâtre classique français qui s'établiront un siècle plus tard, le théâtre anglais de la Renaissance se caractérise par une certaine liberté : l'action peut être longue et se dérouler dans des lieux divers. En revanche, les femmes ne peuvent pas jouer dans les pièces et la censure religieuse et politique est déjà présente.

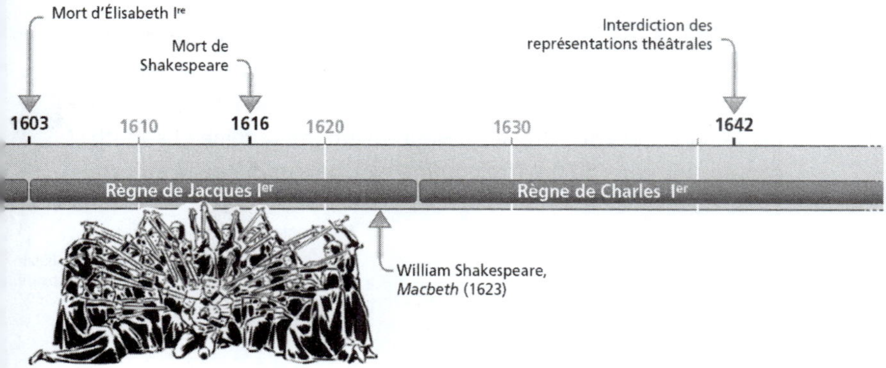

UN ENTRETIEN IMAGINAIRE AVEC SHAKESPEARE

Cet entretien avec William Shakespeare est fictif. On imagine que, pour s'entretenir avec le dramaturge à Londres, deux élèves rédacteurs du journal de leur collège ont pu voyager dans le temps et l'espace.

▸ Où avez-vous grandi ?

William Shakespeare. – Je suis né en avril 1564 à Stratford-upon-Avon, un village près de Londres. J'ai étudié le latin et la rhétorique à l'école de Stratford. À dix-huit ans, j'ai épousé Anne Hattaway.

▸ Comment avez-vous fait vos débuts au théâtre ?

William Shakespeare. – J'ai commencé à écrire des pièces de théâtre et à jouer dans des troupes, notamment celle du Lord Chambellan, qui donnait des spectacles à la Cour. Le succès est arrivé rapidement et j'ai pu acheter une partie d'un nouveau théâtre londonien nommé « The Globe ». À partir de 1596, *Roméo et Juliette* puis *Henri IV*, *La Mégère apprivoisée* et *Comme il vous plaira* m'ont rendu célèbre.

▸ Est-il facile d'être un dramaturge et un comédien au XVIe siècle ?

William Shakespeare. – Pas vraiment. Les femmes ne peuvent pas être comédiennes. Leurs rôles sont joués par de jeunes hommes. De plus, les comédiens sont souvent considérés comme des personnes immorales et les puritains bien-pensants saisissent la moindre occasion pour critiquer la moralité des pièces et ordonner la fermeture des théâtres. Heureusement, la reine Élisabeth Ire protège les gens de théâtre comme moi, par amour de la culture.

▸ **Quelles sont vos œuvres les plus célèbres ?**

William Shakespeare. – Je dirais d'abord *Roméo et Juliette*. C'est une tragédie jouée dans le monde entier et mise en scène au théâtre et au cinéma. J'ajouterais ensuite *Othello* et *Hamlet* qui sont souvent représentées. Je suis sûr que vous connaissez cette réplique du personnage Hamlet : « To be or no to be, that is the question », « Être ou ne pas être, telle est la question » ?

▸ **Comment expliquez-vous le succès de *Roméo et Juliette* ?**

William Shakespeare. – Je pense que l'histoire d'amour de deux êtres jeunes et purs touche tous les publics, notamment les jeunes gens comme vous. La détermination et le courage des amants forcent l'admiration. Je ne suis pas étonné que des dramaturges et des cinéastes transposent l'action de la pièce à une autre époque, car le sujet est intemporel.

William Shakespeare assistant à une représentation de *Roméo et Juliette* au théâtre du Globe. Lithogravure de Neville Dear, XXe siècle, collection privée.

POUR EN SAVOIR PLUS

Vérone et la Vénétie

Vérone

► Shakespeare situe l'action de sa pièce à Vérone, une ville médiévale située au Nord de l'Italie en Vénétie sur les bords du fleuve Adige.

La maison de Juliette

► L'histoire de *Roméo et Juliette* a fait de Vérone une ville romantique, la cité « des amants de Vérone ». Les touristes peuvent visiter « la maison de Juliette », une demeure du XIIIe siècle transformée en musée. On y a ajouté en 1905 un balcon sous lequel les amoureux viennent s'embrasser. Dans la cour, on peut admirer la statue en bronze de Juliette, du sculpteur Nereo Constantini.

De Vérone à Mantoue

► Shakespeare imagine que Roméo se réfugie à Mantoue, une ville située en Lombardie à environ 45 kilomètres de Vérone. Mantoue est classée au patrimoine mondial de l'Unesco pour ses monuments architecturaux.

À Vérone, les amoureux du monde entier écrivent leurs noms sur le mur de la Casa di Giulietta (« maison de Juliette », en italien). Un dispositif permet d'écouter l'histoire de la maison de Juliette.

Une œuvre mythique

Une pièce à succès

► Jouée en 1597 à Londres, l'œuvre connaît un succès immédiat. Le public appréciait les histoires d'amants maudits qu'il connaissait à travers les œuvres de l'Antiquité, comme *Pyrame et Thisbé*, et du Moyen Âge, comme *Tristan et Iseut*.

Un mythe

De nombreuses adaptations et réécritures

- Au **cinéma**, Georges Méliès propose une adaptation dès 1902.
- Le film de Franco Zefirelli, en 1968, fait date par l'originalité de sa distribution, qui souligne l'extrême jeunesse de Roméo et Juliette.
- Le film de Baz Luhrmann *Roméo + Juliette* déplace l'intrigue à l'époque contemporaine en Californie.

La **comédie musicale** de Robert Wise et Jerome Robbins, *West Side Story*, qui est une transposition moderne de la pièce de Shakespeare, reçoit dix Oscars en 1961.

En **musique**, les amants maudits n'ont cessé d'inspirer les compositeurs, d'Hector Berlioz (1839) au slameur Grand Corps malade en 2010.

Les **ballets** de Sergueï Prokofiev (1935), Rudolf Noureev (1977) et Angelin Prejlocaj (1990) ont fait le renom de *Roméo et Juliette* sur les planches.

Pourquoi cette pièce devrait te plaire

Les Capulets et les Montagues se vouent une **haine** sans merci qui trouble depuis des années l'**ordre public** de la ville de Vérone. Mais Juliette, qui a quatorze ans, rencontre Roméo. Leur **coup de foudre** est immédiat et va bouleverser la vie de tous.

Les déclarations d'amour des deux jeunes **adolescents** sont empreintes d'un **lyrisme sublime**. La scène dite « du balcon » où Roméo se déclare à Juliette va t'émouvoir.

Si tu aimes les personnages courageux et rebelles, cette **tragédie** devrait te plaire, car elle montre comment deux **amants maudits** bravent les **interdits** pour vivre pleinement leur passion amoureuse. Cet **acte héroïque** transforme les deux adolescents en adultes.

La fin te bouleversera sûrement. Cependant, l'harmonie retrouvée des familles ennemies et de la cité, grâce à l'amour absolu de deux personnages aux tempéraments contraires, te permettra de réfléchir au mystère et à la force de l'amour.

Roméo et Juliette

Roméo faisant
la cour à Juliette
au balcon, 1937.
Lithographie.

Les personnages

LE PRINCE de Vérone.

PÂRIS, *jeune seigneur.*

MONTAGUE[1] ET CAPULET, *chefs des deux maisons ennemies.*

UN VIEILLARD, *oncle de Capulet.*

ROMÉO, *fils de Montague.*

MERCUTIO, *parent du prince et ami de Roméo.*

BENVOLIO[2], *neveu de Montague et ami de Roméo.*

TYBALT[3], *neveu de Capulet.*

FRÈRE LAURENCE, *moine franciscain*[4].

FRÈRE JEAN, *religieux du même ordre.*

BALTHAZAR, *page de Roméo.*

SAMSON ET GRÉGOIRE, *valets de Capulet.*

ABRAHAM, *valet de Montague.*

PIERRE, *valet de la nourrice.*

UN APOTHICAIRE[5].

TROIS MUSICIENS.

UN PAGE.

UN OFFICIER.

LADY MONTAGUE, *femme de Montague.*

LADY CAPULET, *femme de Capulet.*

JULIETTE, *fille de Capulet.*

LA NOURRICE.

DES CITOYENS DE VÉRONE ;

SEIGNEURS ET DAMES, PARENTS DES DEUX FAMILLES ;

MASQUES, GARDES, GUETTEURS DE NUIT, GENS DE SERVICE.

La scène est tantôt à Vérone, tantôt à Mantoue[6].

---

1. « Montague » est le nom anglais, conservé dans cette traduction et francisé dans d'autres en « Montaigu ».
2. **Benvolio :** signifie, en italien, celui qui veut du bien.
3. **Tybalt :** référence au chat Tibert dans *Le Roman de Renart*. Son nom est l'objet de plaisanteries de la part de Mercutio.
4. **Franciscain :** de l'ordre de Saint François d'Assise.
5. **Apothicaire :** pharmacien.
6. **Vérone et Mantoue :** villes italiennes de Lombardie (voir page 8).

L'Excellente et Très Émouvante Tragédie de Roméo et Juliette

Prologue

Entre le chœur.

Le chœur. – Deux familles, égales en noblesse,
Dans la belle Vérone, où nous plaçons notre scène,
Sont entraînées par d'anciennes rancunes à des rixes nouvelles[1]
Où le sang des citoyens souille les mains des citoyens.
Des entrailles prédestinées[2] de ces deux ennemies
A pris naissance, sous des étoiles contraires[3], un couple d'amoureux
Dont la ruine néfaste et lamentable
Doit ensevelir dans leur tombe l'animosité[4] de leurs parents.
Les terribles péripéties de leur fatal amour
Et les effets de la rage obstinée de ces familles
Que peut seule apaiser la mort de leurs enfants,
Vont en deux heures être exposés sur notre scène.
Si vous daignez nous écouter patiemment,
Notre zèle[5] s'efforcera de corriger notre insuffisance.

1. **Des rixes nouvelles :** de nouvelles querelles violentes.
2. **Prédestinées :** dont le destin est déterminé à l'avance.
3. **Des étoiles contraires :** des astres maléfiques.
4. **L'animosité :** la haine.
5. **Notre zèle :** notre désir de bien faire.

ACTE PREMIER

Scène première

Vérone. Une place publique.
Entrent Samson et Grégoire, armés d'épées et de boucliers.

SAMSON. – Grégoire, sur ma parole, nous ne supporterons pas leurs brocards[1].

GRÉGOIRE. – Non, nous ne sommes pas gens à porter le brocart[2].

SAMSON. – Je veux dire que, s'ils nous mettent en colère, nous allongeons le couteau.

GRÉGOIRE. – Oui, mais prends garde qu'on ne t'allonge le cou tôt ou tard.

SAMSON. – Je frappe vite quand on m'émeut[3].

GRÉGOIRE. – Mais tu es lent à t'émouvoir.

SAMSON. – Un chien[4] de la maison de Montague m'émeut.

GRÉGOIRE. – Qui est ému, remue ; qui est vaillant, tient ferme ; conséquemment, si tu es ému, tu lâches pied.

SAMSON. – Quand un chien de cette maison-là m'émeut, je tiens ferme. Je suis décidé à prendre le haut du pavé[5] sur tous les Montagues, hommes ou femmes.

---

1. Brocards : moqueries, sarcasmes.
2. Brocart : étoffe de soie décorée. Avec les homonymes « brocards » et « brocart », le traducteur a transposé en français un jeu de mots présent dans la version originale du texte, en anglais. Grégoire comprend mal ce que lui dit Samson.
3. Quand on m'émeut : quand on me met en colère.
4. Un chien : un individu méprisable (injure).
5. Dans les villes, au Moyen Âge, les rues étaient creuses. Au milieu, dans la partie basse, s'écoulaient les eaux usées. L'endroit le plus propre – donc le meilleur passage – était le haut du pavé, le long des murs des maisons.

Grégoire. – Cela prouve que tu n'es qu'un faible drôle[6] ; les faibles s'appuient toujours au mur.

Samson. – C'est vrai ; et voilà pourquoi les femmes étant les vases les plus faibles[7], sont toujours adossées au mur ; aussi, quand j'aurai affaire aux Montagues, je repousserai les hommes du mur et j'y adosserai les femmes.

Grégoire. – La querelle ne regarde que nos maîtres et nous, leurs hommes.

Samson. – N'importe ! je veux agir en tyran. Quand je me serai battu avec les hommes, je serai cruel avec les femmes.

Grégoire. – Tire ton instrument ; en voici deux de la maison de Montague.

Ils dégainent.

Entrent Abraham et Balthazar.

Samson. – Voici mon épée nue ; cherche-leur querelle ; je serai derrière toi.

Grégoire. – Oui, tu te tiendras derrière pour mieux déguerpir[8].

Samson. – Ne crains rien de moi.

Grégoire. – De toi ? Non, morbleu.

Samson. – Mettons la loi de notre côté et laissons-les commencer[9].

Grégoire. – Je vais froncer le sourcil en passant près d'eux, et qu'ils le prennent comme ils le voudront.

---

6. Un faible drôle : une personne méprisable.
7. Les vases les plus faibles : les personnes les plus fragiles, ici les femmes (expression biblique : « les vases les plus fragiles »).
8. Déguerpir : t'enfuir, te sauver.
9. Laissons-les commencer : selon la loi de l'époque, ceux qui ont commencé à se battre ont tort.

Samson. – C'est-à-dire comme ils l'oseront. Je vais mordre mon pouce en les regardant, et ce sera une disgrâce[10] pour eux, s'ils le supportent[11].

Abraham, *à Samson.* – Est-ce à notre intention que vous mordez votre pouce, monsieur ?

Samson. – Je mords mon pouce, monsieur.

Abraham. – Est-ce à notre intention que vous mordez votre pouce, monsieur ?

Samson, *bas, à Grégoire.* – La loi est-elle de notre côté, si je dis oui ?

Grégoire, *bas, à Samson.* – Non.

Samson, *haut, à Abraham.* – Non, monsieur, ce n'est pas à votre intention que je mords mon pouce, monsieur ; mais je mords mon pouce, monsieur.

Grégoire, *à Abraham.* – Cherchez-vous une querelle, monsieur ?

Abraham. – Une querelle, monsieur ? Non, monsieur !

Samson. – Si vous en cherchez une, monsieur, je suis votre homme. Je sers un maître aussi bon que le vôtre.

Abraham. – Mais pas meilleur.

Samson. – Soit, monsieur.

Entre au fond du théâtre Benvolio, puis, à distance, derrière lui, Tybalt.

Grégoire, *à Samson.* – Dis meilleur ! Voici un parent de notre maître.

Samson, *à Abraham.* – Si fait, monsieur, meilleur !

---

10. Une disgrâce : une honte, un affront.
11. Faire claquer l'ongle du pouce sous ses dents était un geste insultant et provocateur, l'équivalent d'un bras d'honneur aujourd'hui.

Abraham. – Vous en avez menti.

Samson. – Dégainez, si vous êtes hommes !

Tous se mettent en garde.

Grégoire, souviens-toi de ta maîtresse botte[12] !

Benvolio, *s'avançant, la rapière[13] au poing.* – Séparez-vous, imbéciles ! rengainez vos épées ; vous ne savez pas ce que vous faites.

Il rabat les armes des valets.

Tybalt, *s'élançant, l'épée nue, derrière Benvolio.* – Quoi ! l'épée à la main, parmi ces marauds[14] sans cœur ! Tourne-toi, Benvolio, et fais face à ta mort.[15]

Benvolio, *à Tybalt.* – Je ne veux ici que maintenir la paix ; rengaine ton épée, ou emploie-la, comme moi, à séparer ces hommes.

Tybalt. – Quoi, l'épée à la main, tu parles de paix ! Ce mot, je le hais, comme je hais l'enfer, tous les Montagues et toi. À toi, lâche !

Tous se battent. D'autres partisans des deux maisons arrivent et se joignent à la mêlée. Alors arrivent des citoyens armés de bâtons.

Premier Citoyen. – À l'œuvre les bâtons, les piques, les pertuisanes[16] ! Frappez ! Écrasez-les ! À bas les Montagues ! à bas les Capulets !

Entrent Capulet, en robe de chambre, et lady Capulet.

Capulet. – Quel est ce bruit ?... Holà ! qu'on me donne ma grande épée.

---

12. Ta maîtresse botte : ton coup le plus efficace.
13. Rapière : longue épée tranchante.
14. Marauds : misérables, vauriens.
15. La traduction ne retranscrit pas les vers des tirades originelles.
16. Les pertuisanes : lances terminées par deux crocs surmontés d'une lame triangulaire.

LADY CAPULET. – Non ! une béquille ! une béquille !... Pourquoi demander une épée ?

CAPULET. – Mon épée, dis-je ! le vieux Montague arrive et brandit sa rapière en me narguant !

Entrent Montague, l'épée à la main, et lady Montague.

MONTAGUE. – À toi, misérable Capulet !... Ne me retenez pas ! lâchez-moi.

LADY MONTAGUE, *le retenant.* – Tu ne feras pas un seul pas vers ton ennemi.

Entre le prince, avec sa suite.

LE PRINCE. – Sujets rebelles, ennemis de la paix ! profanateurs qui souillez cet acier par un fratricide[17] !... Est-ce qu'on ne m'entend pas ?... Holà ! vous tous, hommes ou brutes, qui éteignez la flamme de votre rage pernicieuse[18] dans les flots de pourpre[19] échappés de vos veines[20], sous peine de torture, obéissez ! Que vos mains sanglantes jettent à terre ces épées trempées dans le crime, et écoutez la sentence de votre prince irrité !

Tous les combattants s'arrêtent.

Trois querelles civiles, nées d'une parole en l'air, ont déjà troublé le repos de nos rues, par ta faute, vieux Capulet, et par la tienne, Montague ; trois fois les anciens de Vérone, dépouillant le vêtement grave qui leur sied[21], ont dû saisir de leurs vieilles mains leurs vieilles pertuisanes, gangre-

17. Un fratricide : un meurtre commis entre frères ; ici entre voisins (comme le sont les Capulets et les Montagues).
18. Pernicieuse : nuisible.
19. Pourpre : de couleur rouge.
20. Échappés de vos veines : le prince s'adresse à ceux qui soulagent leur colère en versant le sang.
21. Qui leur sied : qui convient à leur dignité. Le prince leur reproche d'avoir quitté leurs vêtements d'hommes sages pour revêtir des armes de combat.

nées[22] par la rouille, pour séparer vos haines gangrenées. Si jamais vous troublez encore nos rues, votre vie payera le dommage fait à la paix. Pour cette fois, que tous se retirent. Vous, Capulet, venez avec moi ; et vous, Montague, vous vous rendrez cette après-midi, pour connaître notre décision ultérieure sur cette affaire, au vieux château de Villafranca, siège ordinaire de notre justice. Encore une fois, sous peine de mort, que tous se séparent !

Tous sortent, excepté Montague, lady Montague et Benvolio.

MONTAGUE. – Qui donc a réveillé cette ancienne querelle ? Parlez, neveu, étiez-vous là quand les choses ont commencé ?

BENVOLIO. – Les gens[23] de votre adversaire et les vôtres se battaient ici à outrance quand je suis arrivé ; j'ai dégainé pour les séparer ; à l'instant même est survenu le fougueux Tybalt, l'épée haute, vociférant ses défis à mon oreille, en même temps qu'il agitait sa lame autour de sa tête et pourfendait l'air qui narguait son impuissance par un sifflement[24]. Tandis que nous échangions les coups et les estocades[25], sont arrivés des deux côtés de nouveaux partisans qui ont combattu jusqu'à ce que le prince soit venu les séparer.

LADY MONTAGUE. – Oh ! où est donc Roméo ? l'avez-vous vu aujourd'hui ? Je suis bien aise[26] qu'il n'ait pas été dans cette bagarre.

---

22. Grangrenées : attaquées, affaiblies.
23. Les gens : les domestiques.
24. Qui narguait son impuissance par un sifflement : l'air n'est pas atteint par les coups d'épée de Tybalt et semble le narguer en émettant un sifflement.
25. Les estocades : les coups donnés avec le bout de l'épée.
26. Je suis bien aise : je suis soulagée, heureuse.

BENVOLIO. – Madame, une heure avant que le soleil sacré perçât la vitre d'or de l'Orient[27], mon esprit agité m'a entraîné à sortir ; tout en marchant dans le bois de sycomores[28] qui s'étend à l'ouest de la ville, j'ai vu votre fils qui s'y promenait déjà ; je me suis dirigé vers lui, mais, à mon aspect, il s'est dérobé dans les profondeurs du bois. Pour moi, jugeant de ses émotions par les miennes, qui ne sont jamais aussi absorbantes que quand elles sont solitaires, j'ai suivi ma fantaisie sans poursuivre la sienne, et j'ai évité volontiers qui[29] me fuyait si volontiers.

MONTAGUE. – Voilà bien des matinées qu'on l'a vu là augmenter de ses larmes la fraîche rosée du matin et à force de soupirs ajouter des nuages aux nuages. Mais, aussitôt que le vivifiant soleil commence, dans le plus lointain orient, à tirer les rideaux ombreux du lit de l'Aurore, vite mon fils accablé fuit la lumière, il rentre, s'emprisonne dans sa chambre, ferme ses fenêtres, tire le verrou sur le beau jour, et se fait une nuit artificielle. Ah ! cette humeur sombre lui sera fatale, si de bons conseils n'en dissipent la cause.

BENVOLIO. – Cette cause, la connaissez-vous, mon noble oncle ?

MONTAGUE. – Je ne la connais pas et je n'ai pu l'apprendre de lui.

BENVOLIO. – Avez-vous insisté près de lui suffisamment ?

---

27. De l'Orient : de l'Est.
28. Sycomores : arbres, sortes d'érables.
29. Qui : celui qui.

MONTAGUE. – J'ai insisté moi-même, ainsi que beaucoup de mes amis ; mais il est le seul conseiller de ses passions ; il est l'unique confident de lui-même, confident peu sage peut-être, mais aussi secret, aussi impénétrable, aussi fermé à la recherche et à l'examen que le bouton[30] qui est rongé par un ver jaloux avant de pouvoir épanouir à l'air ses pétales embaumés et offrir sa beauté au soleil ! Si seulement nous pouvions savoir d'où lui viennent ces douleurs, nous serions aussi empressés pour les guérir que pour les connaître.

Roméo paraît à distance.

BENVOLIO. – Tenez, le voici qui vient. Éloignez-vous, je vous prie, ou je connaîtrai ses peines, ou je serai bien des fois refusé.

MONTAGUE. – Puisses-tu, en restant, être assez heureux pour entendre une confession complète !... Allons, madame, partons !

Sortent Montague et lady Montague.

BENVOLIO. – Bonne matinée, cousin !

ROMÉO. – Le jour est-il si jeune encore ?

BENVOLIO. – Neuf heures viennent de sonner.

ROMÉO. – Oh ! que les heures tristes semblent longues ! N'est-ce pas mon père qui vient de partir si vite ?

BENVOLIO. – C'est lui-même. Quelle est donc la tristesse qui allonge les heures de Roméo ?

ROMÉO. – La tristesse de ne pas avoir ce qui les abrégerait.

BENVOLIO. – Tu es amoureux ?

---

30. Le bouton : le bourgeon.

ROMÉO. – Je suis éperdu…

BENVOLIO. – D'amour !

ROMÉO. – Des dédains de celle que j'aime.

BENVOLIO. – Hélas ! faut-il que l'amour, si doux en apparence, soit si tyrannique et si cruel à l'épreuve ?

ROMÉO. – Hélas ! faut-il que l'amour, malgré le bandeau qui l'aveugle[31], trouve toujours, sans y voir, un chemin vers son but !… Où dînerons-nous !… Ô mon Dieu !… Quel était ce tapage ?… Mais non, ne me le dis pas, car je sais tout ! Ici on a beaucoup à faire avec la haine, mais plus encore avec l'amour… Amour ! Ô tumultueux amour ! Ô amoureuse haine ! Ô tout, créé de rien ! Ô lourde légèreté ! vanité sérieuse ! Informe chaos de ravissantes visions ! Plume de plomb, lumineuse fumée, feu glacé, santé maladive ! Sommeil toujours éveillé qui n'est pas ce qu'il est ! Voilà l'amour que je sens et je n'y sens pas d'amour… Tu ris, n'est-ce pas ?

BENVOLIO. – Non, cousin : je pleurerais plutôt.

ROMÉO. – Bonne âme !… et de quoi ?

BENVOLIO. – De voir ta bonne âme si accablée.

ROMÉO. – Oui, tel est l'effet de la sympathie. La douleur ne pesait qu'à mon cœur, et tu veux l'étendre sous la pression de la tienne : cette affection que tu me montres ajoute une peine de plus à l'excès de mes peines. L'amour est une fumée de soupirs ; dégagé, c'est une flamme qui étincelle aux yeux des amants ; comprimé, c'est une mer qu'alimentent leurs larmes. Qu'est-ce encore ? La folie la plus

31. Cupidon, le dieu de l'amour, est représenté sous la forme d'un garçon aux yeux bandés pour marquer le rôle du hasard dans les sentiments amoureux.

raisonnable, une suffocante amertume, une vivifiante douceur !… Au revoir, mon cousin.

Il va pour sortir.

BENVOLIO. – Doucement, je vais vous accompagner : vous me faites injure en me quittant ainsi.

ROMÉO. – Bah ! je me suis perdu moi-même ; je ne suis plus ici ; ce n'est pas Roméo que tu vois, il est ailleurs.

BENVOLIO. – Dites-moi sérieusement qui vous aimez.

ROMÉO. – Sérieusement ? Roméo ne peut le dire qu'avec des sanglots.

BENVOLIO. – Avec des sanglots ? non ! Dites-le-moi sérieusement.

ROMÉO. – Dis donc à un malade de faire sérieusement son testament ! Ah ! ta demande s'adresse mal à qui est si mal ! Sérieusement, cousin, j'aime une femme.

BENVOLIO. – En le devinant, j'avais touché juste.

ROMÉO. – Excellent tireur !… j'ajoute qu'elle est d'une éclatante beauté.

BENVOLIO. – Plus le but est éclatant, beau cousin, plus il est facile à atteindre.

ROMÉO. – Ce trait-là frappe à côté ; car elle est hors d'atteinte des flèches de Cupidon[32] ; elle a le caractère de Diane[33] ; armée d'une chasteté[34] à toute épreuve, elle vit à l'abri de l'arc enfantin[35] de l'Amour ; elle ne se laisse pas assiéger en termes amoureux, elle se dérobe au choc des

32. Des flèches de Cupidon : Cupidon tire des flèches sur ceux qu'il veut rendre amoureux.
33. Diane : déesse de la Chasse, réputée pour vivre loin des hommes et de l'amour.
34. Chasteté : comportement d'une personne qui refuse toute relation physique.
35. Enfantin : dans la mythologie gréco-latine, Cupidon est représenté comme un enfant.

regards provocants et ferme son giron[36] à l'or qui séduirait une sainte. Oh ! elle est riche en beauté, misérable seulement en ce que ses beaux trésors doivent mourir avec elle !

BENVOLIO. – Elle a donc juré de vivre toujours chaste ?

ROMÉO. – Elle l'a juré, et cette réserve produit une perte immense. En affamant une telle beauté par ses rigueurs, elle en déshérite toute la postérité[37]. Elle est trop belle, trop sage, trop sagement belle, car elle mérite le ciel en faisant mon désespoir. Elle a juré de n'aimer jamais, et ce serment me tue en me laissant vivre, puisque c'est un vivant qui te parle.

BENVOLIO. – Suis mon conseil ; cesse de penser à elle.

ROMÉO. – Oh ! apprends-moi comment je puis cesser de penser.

BENVOLIO. – En rendant la liberté à tes yeux : examine d'autres beautés.

ROMÉO. – Ce serait le moyen de rehausser encore ses grâces exquises[38]. Les bienheureux masques qui baisent le front des belles, ne servent, par leur noirceur, qu'à nous rappeler la blancheur qu'ils cachent. L'homme frappé de cécité[39] ne saurait oublier le précieux trésor qu'il a perdu avec la vue. Montre-moi la plus charmante maîtresse : que sera pour moi sa beauté, sinon une page où je pourrai lire le nom d'une beauté plus charmante encore ? Adieu : tu ne saurais m'apprendre à oublier.

---

36. Son giron : son être intérieur.
37. En affamant une telle beauté [...] toute la postérité : en renonçant à l'amour, elle n'aura pas de descendance qui pourrait hériter de sa beauté.
38. De rehausser encore ses grâces exquises : de la trouver encore plus belle.
39. Frappé de cécité : rendu aveugle.

Benvolio. – J'achèterai ce secret-là, dussé-je mourir insolvable[40] !

Ils sortent.

Ludovico Marchetti (1853-1909), « If ever you disturb our streets again », illustration pour la scène 1 de l'acte I de *Roméo et Juliette*, dans l'édition de Raphael Tuck, vers 1890. Lithographie.

40. Insolvable : ruiné.
Benvolio est prêt à payer très cher le moyen d'apprendre à Roméo à oublier.

Scène 2

Devant la maison de Capulet.
Entrent Capulet, Pâris et Mercutio.

CAPULET. – Montague est lié comme moi, et sous une égale caution[41]. Il n'est pas bien difficile, je pense, à des vieillards comme nous de garder la paix.

PÂRIS. – Vous avez tous deux la plus honorable réputation ; et c'est pitié que vous ayez vécu si longtemps en querelle... Mais maintenant, monseigneur, que répondez-vous à ma requête ?

CAPULET. – Je ne puis que redire ce que j'ai déjà dit. Mon enfant est encore étrangère au monde ; elle n'a pas encore vu la fin de ses quatorze ans : laissons deux étés encore se flétrir dans leur orgueil, avant de la juger mûre pour le mariage.

PÂRIS. – De plus jeunes qu'elles sont déjà d'heureuses mères.

CAPULET. – Trop vite étiolées[42] sont ces mères trop précoces... La terre a englouti toutes mes espérances ; Juliette seule, Juliette est la reine espérée de ma terre. Courtisez-la, gentil Pâris, obtenez son cœur ; mon bon vouloir n'est que la conséquence de son assentiment[43] ; si

---

41. Sous une égale caution : Capulet veut dire que Montague et lui ont une égale responsabilité dans les querelles qui opposent leurs familles.
42. Étiolées : flétries.
43. Son assentiment : son accord.
L'important, pour Capulet, c'est que sa fille soit d'accord.

vous lui agréez[44], c'est de son choix que dépendent mon approbation et mon plein consentement... Je donne ce soir une fête, consacrée par un vieil usage, à laquelle j'invite ceux que j'aime ; vous serez le très-bienvenu, si vous voulez être du nombre. Ce soir, dans ma pauvre demeure, attendez-vous à contempler des étoiles qui, tout en foulant la terre, éclipseront[45] la clarté des cieux. Les délicieux transports qu'éprouvent les jeunes galants[46] alors qu'Avril tout pimpant arrive sur les talons de l'imposant hiver, vous les ressentirez ce soir chez moi, au milieu de ces fraîches beautés en bouton. Écoutez-les toutes, voyez-les toutes, et donnez la préférence à celle qui la méritera. Ma fille sera une de celles que vous verrez, et, si elle ne se fait pas compter, elle peut du moins faire nombre. Allons, venez avec moi...

Au valet.

Holà, maraud ! tu vas te démener à travers notre belle Vérone ; tu iras trouver les personnes dont les noms sont écrits ici, et tu leur diras que ma maison et mon hospitalité sont mises à leur disposition.

Il remet un papier au valet et sort avec Pâris.

LE VALET, *seul, les yeux fixés sur le papier.*

Trouver les gens dont les noms sont écrits ici ? Il est écrit... que le cordonnier doit se servir de son aune[47], le tailleur de son alêne[48], le pêcheur de ses pinceaux et le peintre

44. Si vous lui agréez : si vous lui plaisez.
45. Éclipseront : surpasseront.
46. Transports [...] galants : les délicieux sentiments qu'éprouvent les jeunes amoureux.
47. Aune : règle à mesurer.
48. Son alêne : outil dont se sert un cordonnier pour percer le cuir.
On voit que le valet mélange les outils et les professions.

de ses filets ; mais moi, on veut que j'aille trouver les personnes dont les noms sont écrits ici, quand je ne peux même pas trouver quels noms a écrits ici l'écrivain[49] ! Il faut que je m'adresse aux savants... Heureuse rencontre !

Entrent Benvolio et Roméo.

BENVOLIO. – Bah ! mon cher, une inflammation éteint une autre inflammation ; une peine est amoindrie par les angoisses d'une autre peine. La tête te tourne-t-elle ? tourne en sens inverse, et tu te remettras... Une douleur désespérée se guérit par les langueurs d'une douleur nouvelle ; que tes regards aspirent un nouveau poison, et l'ancien perdra son action venimeuse.

ROMÉO, *ironiquement*. – La feuille de plantain[50] est excellente pour cela.

BENVOLIO. – Pour quoi, je te prie ?

ROMÉO. – Pour une jambe cassée.

BENVOLIO. – Ça, Roméo, es-tu fou ?

ROMÉO. – Pas fou précisément, mais lié plus durement qu'un fou[51] ; je suis tenu en prison, mis à la diète, flagellé, tourmenté[52] et...

Au valet.

Bonsoir, mon bon ami.

MERCUTIO. – Dieu vous donne le bonsoir !... Dites-moi, monsieur, savez-vous lire ?

ROMÉO. – Oui, ma propre fortune[53] dans ma misère.

---

49. Je ne peux même pas trouver [...] l'écrivain : le personnage ne sait pas lire, il se trompe.
50. Plantain : herbe utilisée pour soigner les blessures.
51. Lié plus durement qu'un fou : jeu de mots sur l'expression « fou à lier ».
52. Flagellé, tourmenté : fouetté, torturé.
53. Ma propre fortune : mon destin, mon propre sort.

MERCUTIO. – Peut-être avez-vous appris ça sans livre ; mais, dites-moi, savez-vous lire le premier écrit venu ?

ROMÉO. – Oui, si j'en connais les lettres et la langue.

MERCUTIO. – Vous parlez congrûment[54]. Le ciel vous tienne en joie.

Il va pour se retirer.

ROMÉO, *le rappelant.*

Arrête, l'ami, je sais lire.

Il prend le papier des mains du valet et lit :

« Le signor Martino, sa femme et ses filles ; le comte Anselme et ses charmantes sœurs ; la veuve du signor Vitruvio ; le signor Placentio et ses aimables nièces ; Mercutio et son frère Valentin ; mon oncle Capulet, sa femme et ses filles ; ma jolie nièce Rosaline ; Livia ; le signor Valentio et son cousin Tybalt ; Lucio et la vive Héléna. »

Rendant le papier.

Voilà une belle assemblée. Où doit-elle se rendre ?

MERCUTIO. – Là-haut.

ROMÉO. – Où cela ?

MERCUTIO. – Chez nous, à souper.

ROMÉO. – Chez qui ?

MERCUTIO. – Chez mon maître.

ROMÉO. – J'aurais dû commencer par cette question.

MERCUTIO. – Je vais tout vous dire sans que vous le demandiez : mon maître est le grand et riche Capulet ; si vous n'êtes pas de la maison des Montagues, je vous invite à venir chez nous faire sauter un cruchon de vin… Dieu vous tienne en joie !

---

54. Congrûment : correctement.

Il sort.

Benvolio. – C'est l'antique fête des Capulets ; la charmante Rosaline, celle que tu aimes tant, y soupera, ainsi que toutes les beautés admirées de Vérone ; vas-y, puis, d'un œil impartial[55], compare son visage à d'autres que je te montrerai, et je te ferai convenir que ton cygne n'est qu'un corbeau.

Roméo. – Si jamais mon regard, en dépit d'une religieuse dévotion[56], proclamait un tel mensonge, que mes larmes se changent en flammes ! et que mes yeux, restés vivants, quoique tant de fois noyés, transparents hérétiques[57], soient brûlés comme imposteurs ! Une femme plus belle que ma bien-aimée ! Le soleil qui voit tout n'a jamais vu son égale depuis qu'a commencé le monde !

Benvolio. – Bah ! vous l'avez vue belle, parce que vous l'avez vue seule ; pour vos yeux, elle n'avait d'autre contrepoids qu'elle-même ; mais, dans ces balances cristallines[58], mettez votre bien-aimée en regard de telle autre beauté que je vous montrerai toute brillante à cette fête, et elle n'aura plus cet éclat qu'elle a pour vous aujourd'hui.

Roméo. – Soit ! J'irai, non pour voir ce que tu dis, mais pour jouir de la splendeur de mon adorée.

Ils sortent.

---

55. D'un œil impartial : avec un regard objectif.
56. Une religieuse dévotion : un respect religieux. Début de la métaphore religieuse.
57. Hérétiques : personnes qui ne respectent pas les règles religieuses ; ici, personnes qui contestent la beauté de Rosaline.
58. Ces balances cristallines : ces yeux.

QUESTIONS SUR L'ACTE I, SCÈNES 1 ET 2

AI-JE BIEN LU ?

1 Indique qui sont les personnages appartenant au clan Capulet puis au clan Montague en complétant les deux schémas.

a.

LE CLAN CAPULET

- Les parents : Capulet + Lady C.
- Les valets : Samson et Grégoire
- La fille : Juliette
- Le neveu : Tybalt

b.

LE CLAN MONTAGUE

- Les parents : Montague + Lady M.
- Le Prince
- Le meilleur ami : Mercutio
- Le fils : Roméo
- Le valet : Abraham
- Un cousin et ami : Benvolio
- Son page : Balthazar

2 Vrai ou faux ?
Coche la bonne réponse.
Quand la proposition est fausse, rectifie-la.

	VRAI	FAUX
a. L'action se situe en Espagne. Italie (Verone)	☐	☒
b. Le prologue annonce au spectateur la destinée de Roméo et Juliette.	☒	☐
c. Samson et Grégoire provoquent la dispute entre Montague et Capulet.	☒	☐
d. Tybalt veut faire cesser la bataille entre les deux familles ennemies. Insultes	☐	☒
e. Roméo se rend à la fête des Capulets pour voir Rosaline.	☒	☐
f. Rosaline est amoureuse de Roméo.	☐	☒
g. Le prince de Vérone ne réussit pas à faire cesser la querelle.	☒	☐
h. Pâris et Roméo se disputent Rosaline.	☐	☒
i. Capulet confie la liste des invités à son valet qui ne sait pas lire.	☒	☐

J'ANALYSE LE TEXTE

Le prologue

INFO+

- Dans la tragédie grecque, un personnage nommé le **Prologue** annonce le sujet de la pièce. Au cours de la pièce, un **chœur** vient commenter l'action dans les moments les plus tragiques.
- Dans *Roméo et Juliette*, c'est le chœur, composé de plusieurs personnages, qui présente le cadre et l'action de la pièce.
- Aujourd'hui, un prologue est un préambule destiné à présenter une œuvre.

3 Résume en quatre mots les informations fournies dans le prologue.

- La ville : Vérone
- Les familles
  - ↗ ce qu'elles éprouvent : de la haine .
  - ↘ leur origine sociale : la noblesse .
- Le destin des amoureux : la mort .

L'exposition et la mise en place de l'action

INFO+

- Les premières scènes d'une pièce de théâtre (l'**exposition**) doivent fournir au spectateur les principales informations qui lui permettront de comprendre la pièce (personnages, circonstances...).
- Elles annoncent en principe le **genre** et la **tonalité** (ou **registre**) de la pièce (comique, tragique).

Les valets

4 **a.** Relève deux expressions qui montrent que Samson est un valet vantard.

b. Dans quel domaine affirme-t-il sa supériorité ?

5 Par quels gestes et quelles paroles Samson et Grégoire provoquent-ils Abraham ?

		Samson	Grégoire
provocation	gestes	....	....
	paroles	....	....

Comique et tragique

INFO+

- On distingue le genre comique (comédie) et le genre tragique (tragédie).
- Le **registre** (ou la **tonalité**) d'un texte est déterminé par l'effet qu'il produit sur le lecteur.

Ex. : les registres comique (rire), tragique (effroi), pathétique (pitié)...

6 **a.** Quel est le titre complet de la pièce ?

b. D'après le titre et les événements annoncés dans le prologue, t'attends-tu à une comédie ou à une tragédie ?

c. Les paroles et le comportement des valets (scène 1) sont-ils en accord avec le genre annoncé ?
Justifie ta réponse.

d. À quel moment la scène 1 pourrait-elle virer au tragique ?
Appuie-toi notamment sur les didascalies.

7 Indique les procédés comiques utilisés dans chacune des répliques (mots, gestes, situation).

Samson : « nous allongeons le couteau. »
Grégoire : « prends garde qu'on ne t'allonge le cou tôt ou tard » (l. 6-8)

→ comique de ....

Samson : « Je mords mon pouce, monsieur. » (l. 45)

→ comique de ....

Capulet : « Holà ! qu'on me donne ma grande épée. »
Lady Capulet : « Non ! une béquille ! »
Capulet : « Mon épée, dis-je ! le vieux Montague arrive et brandit sa rapière en me narguant ! » (l. 84-88)

→ comique de ....

Le personnage de Roméo

INFO+

- Un **oxymore** est une alliance de deux termes de sens contraires. Il produit un effet saisissant.
Ex. : *Une sublime horreur.*
- Une **métaphore** est une image.
Ex. : *Déclarer sa flamme* (amour comparé à un feu).

8 **a.** Que confie Roméo à son cousin Benvolio ?
b. Dans quel état Roméo se trouve-t-il ?

9 Comment Roméo définit-il l'amour passion ? (l. 190-208) Relève 4 oxymores et 3 métaphores pour justifier ta réponse.

10 Quel conseil Benvolio donne-t-il à son cousin pour oublier Rosaline ? Coche la bonne réponse.

☐ voyager
☐ regarder d'autres beautés
☐ rester enfermé dans sa chambre jusqu'à ce qu'il l'oublie

JE FORMULE MES IMPRESSIONS

11 Le prologue révèle le dénouement.
Selon toi, où réside donc l'intérêt de la pièce ?

J'ÉCRIS

Écrire une déclaration d'amour

12 Imagine la déclaration d'amour que Roméo fait à Rosaline.

AIDE
- Écris une tirade (longue réplique) d'une dizaine de lignes.
- Respecte la présentation du texte théâtral.
- Utilise des métaphores amoureuses et des oppositions.

CARNET DE LECTURE

JE FAIS LE BILAN

13 Complète les phrases-bilan à l'aide des mots suivants.

comique | destinée | ennemies | exposition | farcesque | Juliette | passionné | prologue | Roméo | tragique

a. Dans le ...prologue..., le spectateur découvre deux familles ...ennemies...

Leurs enfants ...Roméo... et ...Juliette... vont vivre un amour impossible.

Leur ...destinée... tragique est annoncée.

b. La scène d'...exposition... mêle le ...comique... et le ...tragique... . La rixe ...farcesque... entre valets devient un affrontement entre deux clans qui pourrait s'avérer funeste.

c. Roméo, héros sombre et ...passionné... confie son amour pour Rosaline à Benvolio.

JE LIS L'IMAGE

14 Légende le schéma avec le lexique spécifique à la bande dessinée : la bande, la planche, la bulle, la case, l'onomatopée.

...la planche...

...l'onomatopée...

...la bande...

...la case...

...la bulle...

Bande dessinée de Mya Gosling

15 **a.** À quel genre l'œuvre de Mya Gosling appartient-elle ?
b. Décris le dessin et le graphisme.
Quel est l'effet produit ?
Coche la bonne réponse.
☐ un effet tragique
☐ un effet comique
☐ un effet pathétique
c. Dans la première vignette, quels éléments soulignent le registre comique du début de la pièce ?
d. Devine qui sont les personnages dans les différentes vignettes. Aide-toi des dialogues en anglais et des indices donnés par les actions et les costumes.

TOUS EN SCÈNE !

Jouer une scène d'affrontement

16 Joue avec tes camarades la scène 1 de l'acte I, à partir de « Entrent Abraham et Balthazar » jusqu'à l'intervention du Prince (l. 29-92).

AIDE
- Pense à marquer les différences de tonalité (comique, tragique) en changeant d'intonation.
- Travaille les gestes et les déplacements en respectant les indications données dans les didascalies.
- Trouve un accessoire permettant de caractériser et d'identifier ton personnage (tu peux le fabriquer).

ACTE PREMIER

Scène 3

Dans la maison de Capulet.
Entrent lady Capulet et la nourrice.

LADY CAPULET. – Nourrice, où est ma fille ? Appelle-la.

LA NOURRICE. – Eh ! par ma virginité de douze ans[1], je lui ai dit de venir…

Appelant.

Allons, mon agneau ! Allons, mon oiselle[2] ! Dieu me pardonne !… Où est donc cette fille ?… Allons, Juliette !

Entre Juliette.

JULIETTE. – Eh bien, qui m'appelle ?

LA NOURRICE. – Votre mère.

JULIETTE. – Me voici, madame. Quelle est votre volonté ?

LADY CAPULET. – Voici la chose… Nourrice, laisse-nous un peu ; nous avons à causer en secret…

La nourrice va pour sortir.

Non, reviens, nourrice ; je me suis ravisée[3], tu assisteras à notre conciliabule[4]. Tu sais que ma fille est d'un joli âge.

LA NOURRICE. – Ma foi, je puis dire son âge à une heure près.

LADY CAPULET. – Elle n'a pas quatorze ans.

LA NOURRICE. – Je parierais quatorze de mes dents, et, à ma grande douleur je n'en ai plus que quatre,

---

1. **Par ma virginité de douze ans :** aussi vrai qu'à douze ans j'étais encore vierge.
2. **Oiselle :** oiseau femelle.
3. **Je me suis ravisée :** j'ai changé d'avis.
4. **Notre conciliabule :** notre discussion privée.

qu'elle n'a pas quatorze ans... Combien y a-t-il d'ici à la Saint-Pierre-ès-Liens[5].

LADY CAPULET. – Une quinzaine au moins ?

LA NOURRICE. – Au moins ou au plus, n'importe ! Entre tous les jours de l'année, c'est précisément la veille au soir de la Saint-Pierre-ès-Liens qu'elle aura quatorze ans. Susanne et elle, Dieu garde toutes les âmes chrétiennes ! étaient du même âge... Oui, à présent, Susanne est avec Dieu ; elle était trop bonne pour moi ; mais, comme je disais, la veille au soir de la Saint-Pierre-ès-Liens elle aura quatorze ans ; elle les aura, ma parole. Je m'en souviens bien. Il y a maintenant onze ans du tremblement de terre ; et elle fut sevrée[6], je ne l'oublierai jamais, entre tous les jours de l'année, précisément ce jour-là ; car j'avais mis de l'absinthe[7] au bout de mon sein, et j'étais assise au soleil contre le mur du pigeonnier ; Monseigneur et vous, vous étiez alors à Mantoue... Oh ! j'ai le cerveau solide !... Mais, comme je disais, dès qu'elle eut goûté l'absinthe au bout de mon sein et qu'elle en eut senti l'amertume, il fallait voir comme la petite folle, toute furieuse, s'est emportée contre le téton ! Tremble, fit le pigeonnier ; il n'était pas besoin, je vous jure, de me dire de décamper... Et il y a onze ans de ça ; car alors elle pouvait se tenir toute seule ; oui, par la sainte croix, elle pouvait courir et trottiner tout partout ; car, tenez, la veille même, elle s'était cogné le front ; et alors mon mari, Dieu soit avec son âme ! c'était un homme

---

5. Saint-Pierre-ès-Liens : fête religieuse.
6. Elle fut sevrée : elle finit d'être nourrie au sein.
7. Absinthe : alcool fort.

bien gai ! releva l'enfant : *Oui-dà*, dit-il, *tu tombes sur la face ? Quand tu auras plus d'esprit, tu tomberas sur le dos ; n'est-ce pas, Juju ?* Et, par Notre-Dame, la petite friponne cessa de pleurer et dit : *Oui !* Voyez donc à présent comme une plaisanterie vient à point ! Je garantis que, quand je vivrais mille ans, je n'oublierais jamais ça : *N'est-ce pas, Juju ?* fit-il ; et la petite folle s'arrêta et dit : *Oui !*

LADY CAPULET. – En voilà assez ; je t'en prie, tais-toi.

LA NOURRICE. – Oui, madame ; pourtant je ne peux pas m'empêcher de rire quand je songe qu'elle cessa de pleurer et dit : *Oui !* Et pourtant je garantis qu'elle avait au front une bosse aussi grosse qu'une coque de jeune poussin un coup terrible ! et elle pleurait amèrement. *Oui-dà*, fit mon mari, *tu tombes sur la face ? Quand tu seras d'âge, tu tomberas sur le dos ; n'est-ce pas, Juju ?* Et elle s'arrêta et dit : *Oui !*

JULIETTE. – Arrête-toi donc aussi, je t'en prie, nourrice !

LA NOURRICE. – Paix ! j'ai fini. Que Dieu te marque de sa grâce ! Tu étais le plus joli poupon que j'aie jamais nourri ; si je puis vivre pour te voir marier un jour, je serai satisfaite.

LADY CAPULET. – Voilà justement le sujet dont je viens l'entretenir... Dis-moi, Juliette, ma fille, quelle disposition te sens-tu pour le mariage ?

JULIETTE. – C'est un honneur auquel je n'ai pas même songé.

LA NOURRICE. – Un honneur ! Si je n'étais pas ton unique nourrice, je dirais que tu as sucé la sagesse avec le lait.

LADY CAPULET. – Eh bien, songez au mariage dès à présent ; de plus jeunes que vous, dames fort estimées, ici à Vérone même, sont déjà devenues mères ; si je ne me trompe, j'étais mère moi-même avant l'âge où vous êtes fille encore. En deux mots, voici : le vaillant Pâris vous recherche pour sa fiancée.

La nourrice. – Voilà un homme, ma jeune dame ! un homme comme le monde entier... Quoi ! c'est un homme en cire[8]!

Lady Capulet. – Le parterre de Vérone n'offre pas une fleur pareille.

La nourrice. – Oui, ma foi, il est la fleur du pays, la fleur par excellence.

Lady Capulet. – Qu'en dites-vous ? Pourriez-vous aimer ce gentilhomme ? Ce soir vous le verrez à notre fête ; lisez alors sur le visage du jeune Pâris, et observez toutes les grâces qu'y a tracées la plume de la beauté ; examinez ces traits si bien mariés, et voyez quel charme chacun prête à l'autre ; si quelque chose reste obscur en cette belle page, vous le trouverez éclairci sur la marge de ses yeux. Ce précieux livre d'amour, cet amant jusqu'ici détaché, pour être parfait, n'a besoin que d'être relié !... Le poisson brille sous la vague, et c'est la splendeur suprême pour le beau extérieur de recéler le beau intérieur ; aux yeux de beaucoup, il n'en est que plus magnifique, le livre qui d'un fermoir d'or étreint la légende d'or ! Ainsi, en l'épousant, vous aurez part à tout ce qu'il possède, sans que vous-même soyez en rien diminuée.

La nourrice. – Elle, diminuer ! Elle grossira, bien plutôt. Les femmes s'arrondissent auprès des hommes !

---

8. Un homme en cire : si beau que l'on pourrait en faire une statue.

Lady Capulet, *à Juliette*. – Bref, dites-moi si vous répondrez à l'amour de Pâris.

Juliette. – Je verrai à l'aimer, s'il suffit de voir pour aimer : mais mon attention à son égard ne dépassera pas la portée que lui donneront vos encouragements.

Entre un valet.

Le valet. – Madame, les invités sont venus, le souper est servi ; on vous appelle ; on demande mademoiselle ; on maudit la nourrice à l'office ; et tout est terminé. Il faut que je m'en aille pour servir ; je vous en conjure, venez vite.

Lady Capulet. – Nous te suivons, Juliette, le comte nous attend.

La nourrice. – Va, fillette, va ajouter d'heureuses nuits à tes heureux jours.

Tous sortent.

Scène 4

Une place sur laquelle est située la maison de Capulet. Entrent Roméo, costumé en pèlerin ; Mercutio, Benvolio, avec cinq ou six masques ; des gens portant des torches et des musiciens.

Roméo. – Voyons, faut-il prononcer un discours pour nous excuser ou entrer sans apologie[9] ?

Benvolio. – Ces harangues prolixes[10] ne sont plus de mode. Nous n'aurons pas de Cupidon aux yeux bandés d'une écharpe, portant un arc peint à la tartare[11], et faisant fuir les dames comme un épouvantail ; pas de prologue appris par cœur et mollement débité à l'aide d'un souffleur pour préparer notre entrée. Qu'ils nous estiment dans la mesure qu'il leur plaira ; nous leur danserons une mesure, et nous partirons.

Roméo. – Qu'on me donne une torche ! Je ne suis pas en train de gambader ! Sombre comme je suis, je veux porter la lumière.

Mercutio. – Ah ! mon doux Roméo, nous voulons que vous dansiez.

Roméo. – Non, croyez-moi : vous avez tous la chaussure de bal et le talon léger : moi, j'ai une âme de plomb qui me cloue au sol et m'ôte le talent de remuer.

---

9. Sans apologie : sans rien dire.
10. Ces harangues prolixes : ces longs discours.
11. À la tartare : à la façon d'un peuple barbare d'Asie centrale.

MERCUTIO. – Vous êtes amoureux ; empruntez à Cupidon ses ailes, et vous dépasserez dans votre vol notre vulgaire essor[12].

ROMÉO. – Ses flèches m'ont trop cruellement blessé pour que je puisse m'élancer sur ses ailes légères ; enchaîné comme je le suis, je ne saurais m'élever au-dessus d'une immuable douleur ; je succombe sous l'amour qui m'écrase.

MERCUTIO. – Prenez le dessus et vous l'écraserez : le délicat enfant sera bien vite accablé par vous.

ROMÉO. – L'amour, un délicat enfant ! Il est brutal, rude, violent ; il écorche comme l'épine.

MERCUTIO. – Si l'amour est brutal avec vous, soyez brutal avec lui ; écorchez l'amour qui vous écorche, et vous le dompterez.

Aux valets.

Donnez-moi un étui à mettre mon visage[13] !

Se masquant.

Un masque sur un masque ! Peu m'importe à présent qu'un regard curieux cherche à découvrir mes laideurs ! Voilà d'épais sourcils qui rougiront pour moi !

BENVOLIO. – Allons, frappons et entrons ; aussitôt dedans, que chacun ait recours à ses jambes !

ROMÉO. – À moi une torche ! Que les galants au cœur léger agacent du pied la natte[14] insensible. Pour moi, je m'accommode d'une phrase de grand-père : je tiendrai

---

12. Essor : envol.

13. Donnez-moi un étui à mettre mon visage : donnez-moi de quoi recouvrir mon visage.

14. Natte : tissu faisant office de tapis.

la chandelle[15] et je regarderai... À vos brillants ébats mon humeur noire ferait tache.

MERCUTIO. – Bah ! la nuit tous les chats sont gris ! Si tu es en humeur noire, nous te tirerons, sauf respect, du bourbier[16] de cet amour où tu patauges jusqu'aux oreilles... Allons vite. Nous usons notre éclairage de jour...

ROMÉO. – Comment cela ?

MERCUTIO. – Je veux dire, messire, qu'en nous attardant nous consumons nos lumières en pure perte, comme des lampes en plein jour... Ne tenez compte que de ma pensée : notre mérite est cinq fois dans notre intention pour une fois qu'il est dans notre bel esprit.

ROMÉO. – En allant à cette mascarade[17], nous avons bonne intention, mais il y a peu d'esprit à y aller[18].

MERCUTIO. – Peut-on demander pourquoi ?

ROMÉO. – J'ai fait un rêve cette nuit.

MERCUTIO. – Et moi aussi.

ROMÉO. – Eh bien ! qu'avez-vous rêvé ?

MERCUTIO. – Que souvent les rêveurs sont mis dedans !

ROMÉO. – Oui, dans le lit où, tout en dormant, ils rêvent la vérité.

MERCUTIO. – Oh ! je le vois bien, la reine Mab[19] vous a fait visite. Elle est la fée accoucheuse et elle arrive, pas plus grande qu'une agate[20] à l'index d'un alderman[21], traî-

---

15. **Je tiendrai la chandelle :** je serai présent mais ne participerai pas (expression).
16. **Bourbier :** mare de boue.
17. **Cette mascarade :** ce bal masqué.
18. **Mais il y a peu d'esprit à y aller :** mais y aller manque de sens.
19. **Mab :** fée nocturne dans le folklore d'Irlande.
20. **Agate :** pierre précieuse.
21. **Alderman :** officier municipal en Angleterre.

née par un attelage de petits atomes à travers les nez des hommes qui gisent endormis. Les rayons des roues de son char sont faits de longues pattes de faucheux[22] ; la capote, d'ailes de sauterelles ; les rênes, de la plus fine toile d'araignée ; les harnais, d'humides rayons de lune. Son fouet, fait d'un os de griffon[23], a pour corde un fil de la Vierge[24]. Son cocher est un petit cousin[25] en livrée grise, moins gros de moitié qu'une petite bête ronde tirée avec une épingle du doigt paresseux d'une servante. Son chariot est une noisette, vide, taillée par le menuisier écureuil ou par le vieux ciron[26], carrossier immémorial des fées. C'est dans cet apparat qu'elle galope de nuit en nuit à travers les cerveaux des amants qui alors rêvent d'amour, sur les genoux des courtisans qui rêvent aussitôt de courtoisies, sur les doigts des gens de loi qui aussitôt rêvent d'honoraires[27], sur les lèvres des dames qui rêvent de baisers aussitôt ! Ces lèvres, Mab les crible souvent d'ampoules, irritée de ce que leur haleine est gâtée par quelque pommade. Tantôt elle galope sur le nez d'un solliciteur[28], et vite il rêve qu'il flaire une place ; tantôt elle vient avec la queue d'un cochon de la dîme[29] chatouiller la narine d'un curé endormi, et vite il rêve d'un autre bénéfice[30] ; tantôt elle passe sur le cou d'un soldat, et alors il rêve de gorges

22. Faucheux : insectes de la famille des araignées.
23. Griffon : animal mythologique, mi-aigle, mi-lion.
24. Fil de la Vierge : fil tissé par les araignées.
25. Cousin : sorte de moustique.
26. Ciron : insecte minuscule.
27. Honoraires : paye, revenu perçu par les professions libérales (médecin, avocat...).
28. Solliciteur : personne qui demande une faveur à un puissant.
29. Cochon de la dîme : cochon donné au curé en paiement de la dîme (impôt prélevé sur les productions des paysans).
30. Bénéfice : revenu.

ennemies coupées, de brèches[31], d'embuscades, de lames espagnoles[32], de rasades[33] profondes de cinq brasses[34], et puis de tambours battant à son oreille ; sur quoi il tressaille, s'éveille, et, ainsi alarmé, jure une prière ou deux, et se rendort. C'est cette même Mab qui, la nuit, tresse la crinière des chevaux et dans les poils emmêlés durcit ces nœuds magiques qu'on ne peut débrouiller sans encourir malheur. C'est la stryge[35] qui, quand les filles sont couchées sur le dos, les étreint et les habitue à porter leur charge pour en faire des femmes à solide carrure. C'est elle...

ROMÉO. – Paix, paix, Mercutio, paix. Tu nous parles de riens !

MERCUTIO. – En effet, je parle des rêves, ces enfants d'un cerveau en délire, que peut seule engendrer l'hallucination, aussi insubstantielle[36] que l'air, et plus variable que le vent qui caresse en ce moment le sein glacé du nord, et qui tout à l'heure, s'échappant dans une bouffée de colère, va se tourner vers le midi encore humide de rosée !

BENVOLIO. – Ce vent dont vous parlez nous emporte hors de nous-mêmes : le souper est fini et nous arriverons trop tard.

ROMÉO. – Trop tôt, j'en ai peur ! Mon âme pressent qu'une amère catastrophe, encore suspendue à mon étoile, aura pour date funeste cette nuit de fête, et terminera la

---

31. Brèches : attaques violentes.
32. Lames espagnoles : la ville espagnole de Tolède était réputée pour ses épées.
33. Rasades : grandes quantités de boisson.
34. Brasses : la brasse est une ancienne unité de mesure de longueur.
35. Stryge : femme vampire.
36. Insubstantielle : impalpable.

méprisable existence contenue dans mon sein par le coup sinistre d'une mort prématurée. Mais que celui qui est le nautonier[37] de ma destinée dirige ma voile !... En avant, joyeux amis !

BENVOLIO. – Battez, tambours !

Ils sortent.

La scène 4 de l'acte I de *Roméo et Juliette*, dans la mise en scène de et avec Laurence Olivier (dans le rôle de Roméo) et John Gielgud (dans le rôle de Mercutio, au New Theatre, à Londres, en 1935.

37. Nautonier : pilote d'une barque.

Scène 5

Une salle dans la maison de Capulet.
Entrent plusieurs valets.

PREMIER VALET. – Où est donc Laterrine, qu'il ne m'aide pas à desservir ? Lui, soulever une assiette ! Lui, frotter une table ! Fi donc !

DEUXIÈME VALET. – Quand le soin d'une maison est confié aux mains d'un ou deux hommes, et que ces mains ne sont même pas lavées, c'est une sale chose.

PREMIER VALET. – Dehors les tabourets !... Enlevez le buffet !... Attention à l'argenterie...

À l'un de ses camarades.

Mon bon, mets-moi de côté un massepain[38]; et, si tu m'aimes, dis au portier de laisser entrer Suzanne Lameule et Nelly... Antoine ! Laterrine !

TROISIEME VALET. – Voilà, mon garçon ! présent !

PREMIER VALET. – On vous attend, on vous appelle, on vous demande, on vous cherche dans la grande chambre.

TROISIEME VALET. – Nous ne pouvons pas être ici et là... Vivement, mes enfants ; mettez-y un peu d'entrain, et que le dernier restant emporte tout.

Ils se retirent.

Entrent le vieux Capulet, puis, parmi la foule des convives, Tybalt, Juliette et la nourrice ; enfin, Roméo, accompagné de ses amis, tous masqués. Les valets vont et viennent.

---

38. Massepain : petit biscuit rond à la pâte d'amande.

Capulet. –Messieurs, soyez les bienvenus ! Celles de ces dames qui ne sont pas affligées de cors aux pieds vont vous donner de l'exercice !... Ah ! ah ! mes donzelles ! qui de vous toutes refusera de danser à présent ? Celle qui fera la mijaurée[39], celle-là, je jurerai qu'elle a des cors ! Eh ! je vous prends par l'endroit sensible, n'est-ce pas ?

À de nouveaux arrivants.

Vous êtes les bienvenus, messieurs... J'ai vu le temps où, moi aussi, je portais un masque et où je savais chuchoter à l'oreille des belles dames de ces mots qui les charment : ce temps-là n'est plus, il n'est plus, il n'est plus !

À de nouveaux arrivants.

Vous êtes les bienvenus, messieurs... Allons, musiciens, jouez ! Salle nette pour le bal ! Qu'on fasse place ! et en avant, jeunes filles !

La musique joue. Les danses commencent. Aux valets.

Encore des lumières, marauds. Redressez ces tables, et éteignez le feu ; il fait trop chaud ici...

À son cousin Capulet, qui arrive.

Ah ! mon cher, ce plaisir inespéré est d'autant mieux venu... Asseyez-vous, asseyez-vous, bon cousin Capulet ; car vous et moi, nous avons passé nos jours de danse. Combien de temps y a-t-il depuis le dernier bal où vous et moi nous étions masqués ?

Deuxième Capulet. – Trente ans, par Notre-Dame !

Premier Capulet. – Bah ! mon cher ! pas tant que ça ! pas tant que ça ! C'était à la noce de Lucentio. Vienne

39. **Mijaurée :** femme ou jeune fille qui fait des manières.

la Pentecôte aussi vite qu'elle voudra, il y aura de cela quelque vingt-cinq ans ; et cette fois nous étions masqués.

DEUXIÈME CAPULET. – Il y a plus longtemps, il y a plus longtemps : son fils est plus âgé, messire ; son fils a trente ans.

PREMIER CAPULET. – Pouvez-vous dire ça ! Son fils était encore mineur il y a deux ans.

ROMÉO, *à un valet, montrant Juliette.* – Quelle est cette dame qui enrichit la main de ce cavalier, là-bas ?

LE VALET. – Je ne sais pas, monsieur.

ROMÉO. – Oh ! elle apprend aux flambeaux à illuminer ! Sa beauté est suspendue à la face de la nuit comme un riche joyau à l'oreille d'une Éthiopienne ! Beauté trop précieuse pour la possession, trop exquise pour la terre ! Telle la colombe de neige dans une troupe de corneilles, telle apparaît cette jeune dame au milieu de ses compagnes. Cette danse finie, j'épierai la place où elle se tient, et je donnerai à ma main grossière le bonheur de toucher la sienne. Mon cœur a-t-il aimé jusqu'ici ? Non ; jurez-le, mes yeux ! Car jusqu'à ce soir, je n'avais pas vu la vraie beauté.

TYBALT, *désignant Roméo.* – Je reconnais cette voix ; ce doit être un Montague…

À un page.

Va me chercher ma rapière[40], page ! Quoi ! le misérable ose venir ici, couvert d'un masque grotesque, pour insulter et narguer notre solennité ? Ah ! par l'antique honneur de ma race, je ne crois pas qu'il y ait péché à l'étendre mort !

---

40. Ma rapière : mon épée.

PREMIER CAPULET. – Eh bien ! qu'as-tu donc, mon neveu ? Pourquoi cette tempête ?

TYBALT. – Mon oncle, voici un Montague, un de nos ennemis, un misérable qui est venu ici par bravade insulter à notre soirée solennelle.

PREMIER CAPULET. – N'est-ce pas le jeune Roméo ?

TYBALT. – C'est lui, ce misérable Roméo !

PREMIER CAPULET. – Du calme, gentil cousin ! laisse-le tranquille ; il a les manières du plus courtois gentilhomme ; et, à dire vrai, Vérone est fière de lui, comme d'un jouvenceau[41] vertueux et bien élevé. Je ne voudrais pas, pour toutes les richesses de cette ville, qu'ici, dans ma maison, il lui fût fait une avanie[42]. Aie donc patience, ne fais pas attention à lui, c'est ma volonté ; si tu la respectes, prends un air gracieux et laisse là cette mine farouche qui sied mal[43] dans une fête.

TYBALT. – Elle sied bien dès qu'on a pour hôte un tel misérable ; je ne le tolérerai pas !

PREMIER CAPULET. – Vous le tolérerez ! Qu'est-ce à dire, monsieur le freluquet[44] ! J'entends que vous le tolériez... Allons donc ! Qui est le maître ici, vous ou moi ? Allons donc ! Vous ne le tolérerez pas ! Dieu me pardonne ! Vous voulez soulever une émeute au milieu de mes hôtes ! Vous voulez mettre le vin en perce[45] ! vous voulez faire l'homme !

---

41. Un jouvenceau : un jeune homme.
42. Une avanie : une humiliation.
43. Qui sied mal : qui va mal.
44. Freluquet : prétentieux.
45. Mettre le vin en perce : percer les tonneaux pour faire couler le vin ; ici, faire couler le sang.

TYBALT. – Mais, mon oncle, c'est une honte.

PREMIER CAPULET. – Allons, allons, vous êtes un insolent garçon. En vérité, cette incartade[46] pourrait vous coûter cher : Je sais ce que je dis… Il faut que vous me contrariiez !… Morbleu ! c'est le moment !…

Aux danseurs.

À merveille, mes chers cœurs !…

À Tybalt.

Vous êtes un faquin[47]… Restez tranquille, sinon…

Aux valets.

Des lumières ! encore des lumières ! par décence !

À Tybalt.

Je vous ferai rester tranquille, allez !

Aux danseurs.

De l'entrain, mes petits cœurs !

TYBALT. – La patience qu'on m'impose lutte en moi avec une colère obstinée, et leur choc fait trembler tous mes membres… Je vais me retirer ; mais cette fureur rentrée, qu'en ce moment on croit adoucie, se convertira en fiel amer[48].

Il sort.

ROMÉO, *prenant la main de Juliette.* – Si j'ai profané avec mon indigne main cette châsse[49] sacrée, je suis prêt à une douce pénitence[50] : permettez à mes lèvres, comme à

---

46. Cette incartade : cette mauvaise conduite.
47. Un faquin : un homme méprisable.
48. En fiel amer : en sentiment d'amertume.
49. Châsse : coffre précieux dans lequel on enfermait les reliques des saints (ici, métaphore désignant Juliette).
50. Pénitence : peine, punition.

deux pèlerins rougissants, d'effacer ce grossier attouchement par un tendre baiser.

JULIETTE. – Bon pèlerin, vous êtes trop sévère pour votre main qui n'a fait preuve en ceci que d'une respectueuse dévotion[51]. Les saintes mêmes ont des mains que peuvent toucher les mains des pèlerins ; et cette étreinte est un pieux baiser.

ROMÉO. – Les saintes n'ont-elles pas des lèvres, et les pèlerins aussi ?

JULIETTE. – Oui, pèlerin, des lèvres vouées à la prière.

ROMÉO. – Oh ! alors, chère sainte, que les lèvres fassent ce que font les mains. Elles te prient ; exauce-les, de peur que leur foi ne se change en désespoir.

JULIETTE. – Les saintes restent immobiles, tout en exauçant les prières.

ROMÉO. – Restez donc immobile, tandis que je recueillerai l'effet de ma prière.

Il l'embrasse sur la bouche.

Vos lèvres ont effacé le péché des miennes.

JULIETTE. – Mes lèvres ont gardé pour elles le péché qu'elles ont pris des vôtres.

ROMÉO. – Vous avez pris le péché de mes lèvres ? Ô reproche charmant ! Alors rendez-moi mon péché.

Il l'embrasse encore.

JULIETTE. – Vous avez l'art des baisers.

LA NOURRICE, *à Juliette.* – Madame, votre mère voudrait vous dire un mot.

Juliette se dirige vers lady Capulet.

---

51. Dévotion : vénération.

Roméo, *à la nourrice.* – Qui donc est sa mère ?

La nourrice. – Eh bien, bachelier[52], sa mère est la maîtresse de la maison, une bonne dame, et sage et vertueuse ; j'ai nourri sa fille, celle avec qui vous causiez ; je vais vous dire : celui qui parviendra à mettre la main sur elle pourra faire sonner les écus[53].

Roméo. – C'est une Capulet ! Ô trop chère créance[54] ! Ma vie est due à mon ennemie !

Benvolio, *à Roméo.* – Allons, partons : la fête est à sa fin.

Roméo, *à part.* – Hélas ! oui, et mon trouble est à son comble.

Capulet, *aux invités qui se retirent.* – Çà, messieurs, n'allez pas nous quitter encore : nous avons un méchant petit souper qui se prépare... Vous êtes donc décidés ?... Eh bien, alors je vous remercie tous... Je vous remercie, honnêtes gentilshommes, bonne nuit. Des torches par ici !... Allons, mettons-nous au lit !

À son cousin Capulet.

Ah ! ma foi, mon cher, il se fait tard : je vais me reposer.

Tous sortent, excepté Juliette et la nourrice.

Juliette. – Viens ici, nourrice : quel est ce gentilhomme, là-bas ?

La nourrice. – C'est le fils et l'héritier du vieux Tibério.

Juliette. – Quel est celui qui sort à présent ?

La nourrice. – Ma foi, je crois que c'est le jeune Pétruchio.

Juliette, *montrant Roméo.* – Quel est cet autre qui suit et qui n'a pas voulu danser ?

---

52. Bachelier : jeune homme.
53. Faire sonner les écus : empocher les écus.
54. Créance : dette.

La nourrice. – Je ne sais pas.

Juliette. – Va demander son nom.

La nourrice s'éloigne un moment.

S'il est marié, mon cercueil pourrait bien être mon lit nuptial.

La nourrice, *revenant.* – Son nom est Roméo ; c'est un Montague, le fils unique de votre grand ennemi.

Juliette. – Mon unique amour émane de mon unique haine ! Je l'ai vu trop tôt sans le connaître et je l'ai connu trop tard. Il m'est né un prodigieux amour, puisque je dois aimer un ennemi exécré[55] !

La nourrice. – Que dites-vous ? que dites-vous ?

Juliette. – Une strophe que vient de m'apprendre un de mes danseurs.

Voix au-dehors appelant Juliette.

La nourrice. – Tout à l'heure ! tout à l'heure !... Allons nous-en ; tous les étrangers sont partis.

---

55. Exécré : détesté.

QUESTIONS SUR L'ACTE I, SCÈNES 3, 4 ET 5

AI-JE BIEN LU ?

1 Vrai ou faux ? Coche la bonne réponse.
Quand la proposition est fausse, rectifie-la.

	VRAI	FAUX
a. Les Capulets veulent fiancer leur fille à Pâris.	☒	☐
b. Juliette a dix-huit ans. 14	☐	☒
c. Roméo se rend à la fête des Capulets déguisé en pèlerin.	☒	☐
d. Tybalt reconnaît Roméo à son déguisement. voix	☐	☒
e. Lord Capulet ordonne à Tybalt de tuer Roméo. Calme	☐	☒
f. Roméo et Juliette s'embrassent durant le bal masqué.	☒	☐

J'ANALYSE LE TEXTE

Le personnage de Juliette

2 **a.** Comment Juliette est-elle perçue par sa nourrice (sc. 3, l. 371-440) ?
b. Et par sa mère ?
c. Pourquoi, selon toi, les deux femmes ont-elles une vision différente de Juliette ?

3 Quelle tonalité le texte prend-il quand la nourrice rapporte des anecdotes de l'enfance de Juliette (l. 395-425) ?

4 Comment Juliette réagit-elle aux propos de sa mère concernant Pâris ?

5 Juliette évolue. Voici quatre adjectifs. Entoure :
– en rouge, les deux adjectifs qui la caractérisent dans la scène 3 ;
– en bleu, les deux qui la caractérisent dans la scène 5.

rebelle	sage	passionnée	prudente

La rencontre

6 Pour chaque question, coche la bonne réponse.

a. Comment Roméo remarque-t-il Juliette (scène 5) ?

☐ Elle parle avec sa nourrice.

☐ Elle est au bras d'un cavalier pour le bal.

b. Comment entre-t-il en conversation avec elle ?

☐ Il lui baise la main et s'excuse de son audace.

☐ Il l'embrasse sur la joue et la complimente sur sa beauté.

7 **a.** Quel est le champ lexical dominant dans le dialogue entre Roméo et Juliette ? Cite six mots ou expressions (l. 708-733).

b. Quelle dimension leur amour prend-il ?
Comment peut-on le qualifier ?

La révélation de l'identité

INFO+

• L'**antithèse** est une figure de style qui consiste à traduire une opposition entre deux idées ou deux réalités contraires.
Ex. : *Je vis, je meurs, me brûle et me noie.* Louise Labé
Être ou ne pas être, telle est la question. William Shakespeare

• Le **parallélisme** consiste en une reprise de la même construction dans une phrase.

8 Quel rôle la nourrice joue-t-elle dans la révélation des identités des amoureux ?

9 **a.** Quels sentiments Roméo et Juliette éprouvent-ils en apprenant leurs identités respectives ?

b. Quels types de phrase dominent dans leurs répliques ?
Donne au moins un exemple.

c. Relève au moins une antithèse et un parallélisme dans les dernières répliques de Juliette (l. 763-773).

d. Que traduisent ces deux figures de style quant aux sentiments qu'elle éprouve pour Roméo ?

CARNET DE LECTURE

JE FAIS LE BILAN

10 Complète les phrases-bilan à l'aide des mots suivants.

beauté | Capulet | contradictoires | Pâris | quatorze | s'embrassent | prudente

a. Juliette est une jeune fille d'environ quatorze ans. Elle fait partie de la famille Capulet. Ses parents considèrent qu'elle est en âge de se marier et la destinent à Pâris.
Juliette est prudente car elle ne connaît pas l'amour.
b. Lors du bal organisé par les Capulets, la beauté de Juliette éblouit Roméo. Juliette est immédiatement séduite elle aussi. Les jeunes gens échangent quelques mots et s'embrassent
c. Lors de la révélation de leurs identités, Roméo et Juliette sont en proie à des sentiments contradictoires

J'ÉTUDIE LA LANGUE

Vocabulaire : le lexique religieux

11 Relie chaque mot à sa définition.

a. pénitent •	• transgression de la loi religieuse
b. foi •	• confiance
c. pèlerinage •	• dégradation d'un lieu sacré
d. profanation •	• personne qui confesse ses péchés
e. péché •	• voyage religieux

12 **a.** Explique pourquoi Roméo est qualifié de « pèlerin » par Juliette (scène 5, l. 713).

b. En quoi le déguisement de Roméo donne-il un caractère sacré au dialogue ?

13 Cherche dans la scène 5 (l. 708-732) un mot de la même famille que « pénitent », c'est-à-dire construit à partir du même radical.

J'ÉCRIS

Écrire une scène d'aveu amoureux

14 La fête vient de s'achever.
Tu es, au choix, Roméo ou Juliette.
Exprime tes sentiments en une trentaine de lignes.
• Si tu es Roméo, imagine un dialogue où tu raconteras à ton meilleur ami Mercutio la rencontre que tu viens de faire. Mercutio s'étonnera que tu oublies si vite Rosaline.
• Si tu es Juliette, confie-toi à ta nourrice. Elle essaiera de vanter les qualités de Pâris et de te détourner de Roméo.

AIDE
• Respecte la présentation du dialogue théâtral : nom des personnages, didascalies.
• Utilise le lexique des sentiments approprié (ex. : *attirance, émoi, trouble, flamme, amour, passion, ravissement, éblouissement*...).

JE LIS LES IMAGES

Le baiser

— Image 1

Claire Danes et Leonardo DiCaprio dans le film *Roméo + Juliette* (1996), de Baz Luhrmann.

► RETROUVE CETTE IMAGE EN COULEUR SUR LE RABAT DE COUVERTURE

15 **a.** Sur l'image 1, selon toi, pourquoi Roméo et Juliette sont-ils costumés ?

b. Décris leurs déguisements.

Quels traits de leur personnalité mettent-ils en évidence ?

Image 2

Frank Dicksee (1853-1928), *Romeo and Juliet*, 1884. Huile sur toile, 171 × 118 cm. Southampton City Art Gallery, Hampshire, Grande-Bretagne.

16 Compare le baiser figuré sur l'image 1 avec celui figuré sur l'image 2.

a. Quelles différences relèves-tu ?

b. Comment les interprètes-tu ?

Prologue

Entre le chœur.

Le chœur. – Maintenant, le vieil amour[1] agonise sur son lit de mort,
Et une passion nouvelle aspire à son héritage.
Cette belle pour qui notre amant gémissait et voulait mourir,
Comparée à la tendre Juliette, a cessé d'être belle.
Maintenant Roméo est aimé de celle qu'il aime :
Et tous deux sont ensorcelés par le charme[2] de leurs regards.
Mais il a besoin de conter ses peines à son ennemie supposée,
Et elle dérobe ce doux appât d'amour sur un hameçon dangereux.
Traité en ennemi, Roméo ne peut avoir un libre accès
Pour soupirer ces vœux que les amants se plaisent à prononcer,
Et Juliette, tout aussi éprise, est plus impuissante encore
À ménager une rencontre entre les amoureux.
Mais la passion leur donne la force, et le temps, l'occasion
De goûter ensemble d'ineffables[3] joies dans d'ineffables transes.

Il sort.

1. **Le vieil amour :** l'amour de Roméo pour Rosaline, avant qu'il ne rencontre Juliette.
2. **Le charme :** le sortilège.
3. **Ineffables :** que l'on ne peut exprimer.

ACTE II

Scène première

Une route aux abords du jardin de Capulet.
Roméo entre précipitamment.

ROMÉO, *montrant le mur du jardin.* – Puis-je aller plus loin, quand mon cœur est ici ? En arrière, masse terrestre[4], et trouve ton centre.

Il escalade le mur et disparaît.
Entrent Mercutio et Benvolio.

BENVOLIO. – Roméo ! mon cousin Roméo !

MERCUTIO. – Il a fait sagement. Sur ma vie, il s'est esquivé pour gagner son lit.

BENVOLIO. – Il a couru de ce côté et sauté par-dessus le mur de ce jardin. Appelle-le, bon Mercutio.

MERCUTIO. – Je ferai plus ; je vais le conjurer[5]... Roméo ! caprice ! frénésie ! passion ! amour ! apparais-nous sous la forme d'un soupir ! Dis seulement un vers, et je suis satisfait ! Crie seulement *hélas !* accouple seulement *amour* avec *jour* ! Rien qu'un mot aimable pour ma commère[6] Vénus ! Rien qu'un sobriquet[7] pour son fils, pour son aveugle héritier[8], le jeune Abraham Cupido[9], celui qui visa si juste,

---

4. Masse terrestre : Roméo s'adresse à lui-même, à son corps qui n'est que matière s'il est privé de son amour.
5. Conjurer : prier, supplier.
6. Ma commère : mon amie.
7. Un sobriquet : un surnom.
8. Son aveugle héritier : Cupidon, dieu de l'amour, fils de Vénus, représenté les yeux bandés.
9. Abraham Cupido : jeu de mots avec Cupidon.

quand le roi Cophétua[10] s'éprit de la mendiante !... Il n'entend pas, il ne remue pas, il ne bouge pas. Il faut que ce babouin-là soit mort : évoquons-le[11]. Roméo, je te conjure par les yeux brillants de Rosaline, par son front élevé et par sa lèvre écarlate, par son pied mignon, par sa jambe svelte, par sa cuisse frémissante, et par les domaines adjacents[12] : apparais-nous sous ta propre forme !

BENVOLIO. – S'il t'entend, il se fâchera.

MERCUTIO. – Cela ne peut pas le fâcher ; il se fâcherait avec raison, si je faisais surgir dans le cercle de sa maîtresse un démon d'une nature étrange que je laisserais en arrêt jusqu'à ce qu'elle l'eût désarmé par ses exorcismes[13]. Cela serait une offense : mais j'agis en enchanteur loyal et honnête ; et, au nom de sa maîtresse, c'est lui seul que je vais faire surgir.

BENVOLIO. – Allons ! il s'est enfoncé sous ces arbres pour y chercher une nuit assortie à son humeur. Son amour est aveugle, et n'est à sa place que dans les ténèbres.

MERCUTIO. – Si l'amour est aveugle, il ne peut pas frapper le but... Sans doute Roméo s'est assis au pied d'un pêcher, pour rêver qu'il le commet avec sa maîtresse. Bonne nuit, Roméo... Je vais trouver ma chère couchette ; ce lit de camp est trop froid pour que j'y dorme. Eh bien, partons-nous ?

BENVOLIO. – Oui, partons ; car il est inutile de chercher ici qui ne veut pas se laisser trouver.

Ils sortent.

---

10. Cophétua : héros d'une chanson anglaise, insensible aux femmes ; il finit par tomber amoureux d'une mendiante.
11. Évoquons-le : appelons-le.
12. Et par les domaines adjacents : ici, et par tout le reste.
13. Exorcismes : pratiques de purification.

ACTE II

Scène 2

Le jardin de Capulet.
Sous les fenêtres de l'appartement de Juliette.
Entre Roméo.

ROMÉO. – Il se rit des plaies, celui qui n'a jamais reçu de blessures !

Apercevant Juliette qui apparaît à une fenêtre.

Mais doucement ! Quelle lumière jaillit par cette fenêtre ? Voilà l'Orient, et Juliette est le soleil ! Lève-toi, belle aurore, et tue la lune jalouse, qui déjà languit et pâlit de douleur, parce que toi, sa prêtresse, tu es plus belle qu'elle-même ! Ne sois plus sa prêtresse, puisqu'elle est jalouse de toi ; sa livrée de vestale[14] est maladive et blême, et les folles seules la portent : rejette-la !... Voilà ma dame ! Oh ! voilà mon amour ! Oh ! si elle pouvait le savoir... Que dit-elle ? Rien... Elle se tait... Mais non : son regard parle, et je veux lui répondre... Ce n'est pas à moi qu'elle s'adresse. Deux des plus belles étoiles du ciel, ayant affaire ailleurs, adjurent ses yeux de vouloir bien resplendir dans leur sphère jusqu'à ce qu'elles reviennent. Ah ! si les étoiles se substituaient à ses yeux, en même temps que ses yeux aux étoiles, le seul éclat de ses joues ferait pâlir la clarté des astres, comme le grand jour, une lampe ; et ses yeux, du haut du ciel, darderaient[15] une telle lumière

14. Livrée de vestale : costume de prêtresse de la déesse romaine du foyer.
15. Darderaient : lanceraient des rayons de lumière.

à travers les régions aériennes, que les oiseaux chanteraient, croyant que la nuit n'est plus. Voyez comme elle appuie sa joue sur sa main ! Oh ! que ne suis-je le gant de cette main ! Je toucherais sa joue !

JULIETTE. – Hélas !

ROMÉO. – Elle parle ! Oh ! parle encore, ange resplendissant ! Car tu rayonnes dans cette nuit, au-dessus de ma tête, comme le messager ailé du ciel, quand aux yeux bouleversés des mortels qui se rejettent en arrière pour le contempler, il devance les nuées paresseuses et vogue sur le sein des airs !

JULIETTE. – Ô Roméo ! Roméo ! pourquoi es-tu Roméo ? Renie ton père et abdique ton nom ; ou, si tu ne le veux pas, jure de m'aimer, et je ne serai plus une Capulet.

ROMÉO, *à part*. – Dois-je l'écouter encore ou lui répondre ?

JULIETTE. – Ton nom seul est mon ennemi. Tu n'es pas un Montague, tu es toi-même. Qu'est-ce qu'un Montague ? Ce n'est ni une main, ni un pied, ni un bras, ni un visage, ni rien qui fasse partie d'un homme... Oh ! sois quelque autre nom ! Qu'y a-t-il dans un nom ? Ce que nous appelons une rose embaumerait autant sous un autre nom. Ainsi, quand Roméo ne s'appellerait plus Roméo, il conserverait encore les chères perfections qu'il possède... Roméo, renonce à ton nom ; et, à la place de ce nom qui ne fait pas partie de toi, prends-moi tout entière.

ROMÉO. – Je te prends au mot ! Appelle-moi seulement ton amour, et je reçois un nouveau baptême : désormais je ne suis plus Roméo.

Juliette. – Quel homme es-tu, toi qui, ainsi caché par la nuit, viens de te heurter à mon secret ?

Roméo. – Je ne sais par quel nom t'indiquer qui je suis. Mon nom, sainte chérie, m'est odieux à moi-même, parce qu'il est pour toi un ennemi : si je l'avais écrit là, j'en déchirerais les lettres.

Juliette. – Mon oreille n'a pas encore aspiré cent paroles proférées par cette voix, et pourtant j'en reconnais le son. N'es-tu pas Roméo et un Montague ?

Roméo. – Ni l'un ni l'autre, belle vierge, si tu détestes l'un et l'autre.

Juliette. – Comment es-tu venu ici, dis-moi ? et dans quel but ? Les murs du jardin sont hauts et difficiles à gravir. Considère qui tu es : ce lieu est ta mort, si quelqu'un de mes parents te trouve ici.

Roméo. – J'ai escaladé ces murs sur les ailes légères de l'amour : car les limites de pierre ne sauraient arrêter l'amour, et ce que l'amour peut faire, l'amour ose le tenter ; voilà pourquoi tes parents ne sont pas un obstacle pour moi.

Juliette. – S'ils te voient, ils te tueront.

Roméo. – Hélas ! il y a plus de péril pour moi dans ton regard que dans vingt de leurs épées : que ton œil me soit doux, et je suis à l'épreuve de leur inimitié[16].

Juliette. – Je ne voudrais pas pour le monde entier qu'ils te vissent[17] ici.

---

16. Leur inimitié : leur haine.
17. Qu'ils te vissent : qu'ils te voient.

ROMÉO. – J'ai le manteau de la nuit pour me soustraire à leur vue. D'ailleurs, si tu ne m'aimes pas, qu'ils me trouvent ici ! J'aime mieux ma vie finie par leur haine que ma mort prorogée sans ton amour.

JULIETTE. – Quel guide as-tu donc eu pour arriver jusqu'ici ?

ROMÉO. – L'amour, qui le premier m'a suggéré d'y venir : il m'a prêté son esprit et je lui ai prêté mes yeux. Je ne suis pas un pilote ; mais, quand tu serais à la même distance que la vaste plage baignée par la mer la plus lointaine, je risquerais la traversée pour une denrée[18] pareille.

JULIETTE. – Tu sais que le masque de la nuit est sur mon visage ; sans cela, tu verrais une virginale couleur colorer ma joue, quand je songe aux paroles que tu m'as entendue dire cette nuit. Ah ! je voudrais rester dans les convenances ; je voudrais, je voudrais nier ce que j'ai dit... Mais adieu, les cérémonies ! M'aimes-tu ? Je sais que tu vas dire oui, et je te croirai sur parole. Ne le jure pas : tu pourrais trahir ton serment : les parjures[19] des amoureux font, dit-on, rire Jupiter... Oh ! gentil Roméo, si tu m'aimes, proclame-le loyalement : et si tu crois que je me laisse trop vite gagner je froncerai le sourcil, et je serai cruelle, et je te dirai non, pour que tu me fasses la cour : autrement, rien au monde ne m'y déciderait... En vérité, beau Montague, je suis trop éprise[20], et tu pourrais croire ma conduite légère ; mais crois-moi, gentil-

18. Denrée : objet consommable.
19. Les parjures : les serments trahis.
20. Éprise : amoureuse.

homme, je me montrerai plus fidèle que celles qui savent mieux affecter la réserve[21]. J'aurais été plus réservée, il faut que je l'avoue, si tu n'avais pas surpris, à mon insu, l'aveu passionné de mon amour : pardonne-moi donc et n'impute pas[22] à une légèreté d'amour cette faiblesse que la nuit noire t'a permis de découvrir.

ROMÉO. – Madame, je jure par cette lune sacrée qui argente toutes ces cimes chargées de fruits !...

JULIETTE. – Oh ! ne jure pas par la lune, l'inconstante lune dont le disque change chaque mois, de peur que ton amour ne devienne aussi variable !

ROMÉO. – Par quoi dois-je jurer ?

JULIETTE. – Ne jure pas du tout ; ou, si tu le veux, jure par ton gracieux être, qui est le dieu de mon idolâtrie[23], et je te croirai.

ROMÉO. – Si l'amour profond de mon cœur...

JULIETTE. – Ah ! ne jure pas ! Quoique tu fasses ma joie, je ne puis goûter cette nuit toutes les joies de notre rapprochement ; il est trop brusque, trop imprévu, trop subit, trop semblable à l'éclair qui a cessé d'être avant qu'on ait pu dire : il brille !... Doux ami, bonne nuit ! Ce bouton d'amour, mûri par l'haleine de l'été, pourra devenir une belle fleur, à notre prochaine entrevue... Bonne nuit, bonne nuit ! Puisse le repos, puisse le calme délicieux qui est dans mon sein, arriver à ton cœur !

ROMÉO. – Oh ! vas-tu donc me laisser si peu satisfait ?

---

21. Affecter la réserve : faire semblant de ne pas être amoureuse.
22. N'impute pas : n'attribue pas.
23. Mon idôlatrie : mon adoration extrême.

JULIETTE. – Quelle satisfaction peux-tu obtenir cette nuit ?

ROMÉO. – Le solennel échange de ton amour contre le mien.

JULIETTE. – Mon amour ! je te l'ai donné avant que tu l'aies demandé. Et pourtant je voudrais qu'il fût encore à donner.

ROMÉO. – Voudrais-tu me le retirer ? Et pour quelle raison, mon amour ?

JULIETTE. – Rien que pour être généreuse et te le donner encore. Mais je désire un bonheur que j'ai déjà : ma libéralité[24] est aussi illimitée que la mer, et mon amour aussi profond : plus je te donne, plus il me reste, car l'une et l'autre sont infinis.

On entend la voix de la nourrice.

J'entends du bruit dans la maison… Cher amour, adieu ! J'y vais, bonne nourrice !… Doux Montague, sois fidèle. Attends un moment, je vais revenir.

Elle se retire de la fenêtre.

ROMÉO. – Ô céleste, céleste nuit ! J'ai peur, comme il fait nuit, que tout ceci ne soit qu'un rêve, trop délicieusement flatteur pour être réel.

Juliette revient.

JULIETTE. – Trois mots encore, cher Roméo, et bonne nuit, cette fois ! Si l'intention de ton amour est honorable, si ton but est le mariage, fais-moi savoir demain, par la personne que je ferai parvenir jusqu'à toi, en quel lieu et à quel moment tu veux accomplir la cérémonie, et alors je

---

24. Ma libéralité : ma générosité.

déposerai à tes pieds toutes mes destinées, et je te suivrai, mon seigneur, jusqu'au bout du monde !

La nourrice, derrière le théâtre.

Madame !

Juliette. – J'y vais ! tout à l'heure ! Mais si ton arrière-pensée n'est pas bonne, je te conjure...

La nourrice, *derrière le théâtre.* – Madame !

Juliette. – À l'instant ! J'y vais !... de cesser tes instances[25] et de me laisser à ma douleur... J'enverrai demain[26].

Roméo. – Par le salut de mon âme...

Juliette. – Mille fois bonne nuit !

Elle quitte la fenêtre.

Roméo. – La nuit ne peut qu'empirer[27] mille fois, dès que ta lumière lui manque...

Se retirant à pas lents.

L'amour court vers l'amour comme l'écolier hors de la classe ; mais il s'en éloigne avec l'air accablé de l'enfant qui rentre à l'école.

Juliette reparaît à la fenêtre.

Juliette. – Stt ! Roméo ! Stt !... Oh ! que n'ai-je la voix du fauconnier pour réclamer mon noble tiercelet[28] ! Mais la captivité est enrouée et ne peut parler haut : sans quoi j'ébranlerais la caverne où Écho[29] dort, et sa voix aérienne serait bientôt plus enrouée que la mienne, tant je lui ferais répéter le nom de mon Roméo !

---

25. Tes instances : tes demandes, ta poursuite.
26. J'enverrai demain : demain j'enverrai quelqu'un.
27. Empirer : être plus noire.
28. Tiercelet : oiseau de proie.
29. Écho : amoureuse de Narcisse qui ne l'aimait pas, elle se laissa mourir de tristesse. Il ne resta d'elle qu'une voix répétant les dernières syllabes des mots.

ROMÉO, *revenant sur ses pas.* – C'est mon âme qui me rappelle par mon nom ! Quels sons argentins a dans la nuit la voix de la bien-aimée ! Quelle suave[30] musique pour l'oreille attentive !

JULIETTE. – Roméo !

ROMÉO. – Ma...

LA NOURRICE, *derrière le théâtre.* – Madame !

JULIETTE. – À quelle heure, demain, enverrai-je vers toi ?

ROMÉO. – À neuf heures.

JULIETTE. – Je n'y manquerai pas : il y a vingt ans d'ici là. J'ai oublié pourquoi je t'ai rappelé.

ROMÉO. – Laisse-moi rester ici jusqu'à ce que tu t'en souviennes.

JULIETTE. – Je l'oublierai, pour que tu restes là toujours, me rappelant seulement combien j'aime ta compagnie.

ROMÉO. – Et je resterai là pour que tu l'oublies toujours, oubliant moi-même que ma demeure est ailleurs.

JULIETTE. – Il est presque jour. Je voudrais que tu fusses parti, mais sans t'éloigner plus que l'oiseau familier d'une joueuse enfant : elle le laisse voleter un peu hors de sa main, pauvre prisonnier embarrassé de liens, et vite elle le ramène en tirant le fil de soie, tant elle est tendrement jalouse de sa liberté !

ROMÉO. – Je voudrais être ton oiseau !

JULIETTE. – Ami, je le voudrais aussi ; mais je te tuerais à force de caresses. Bonne nuit ! bonne nuit ! Si douce est la tristesse de nos adieux que je te dirais : bonne nuit ! jusqu'à ce qu'il soit jour.

---

30. Suave : douce.

Elle se retire.

ROMÉO, *seul*. – Que le sommeil se fixe sur tes yeux et la paix dans ton cœur ! Je voudrais être le sommeil et la paix, pour reposer si délicieusement ! Je vais de ce pas à la cellule de mon père spirituel[31], pour implorer son aide et lui conter mon bonheur.

Il sort.

Croquis de scénographie de Carlo Ferrario pour le jardin de Juliette à la scène 2 de l'acte II, dans l'opéra *Roméo et Juliette* (1868), de Charles Gounod.

31. La cellule de mon père spirituel : la chambre du monastère où se trouve frère Laurence.

ACTE II

Scène 3

La cellule de frère Laurence.
Entre frère Laurence, portant un panier.

LAURENCE. – L'aube aux yeux gris couvre de son sourire la nuit grimaçante, et diapre[32] de lignes lumineuses les nuées d'Orient ; l'ombre couperosée[33], chancelant comme un ivrogne, s'éloigne de la route du jour devant les roues du Titan[34] radieux. Avant que le soleil, de son regard de flamme, ait ranimé le jour et séché la moite rosée de la nuit, il faut que je remplisse cette cage d'osier de plantes pernicieuses[35] et de fleurs au suc précieux. La terre, qui est la mère des créatures, est aussi leur tombe ; leur sépulcre est sa matrice même[36]. Les enfants de toute espèce, sortis de son flanc, nous les trouvons suçant sa mamelle inépuisable ; la plupart sont doués de nombreuses vertus ; pas un qui n'ait son mérite, et pourtant tous différent ! Oh ! combien efficace est la grâce qui réside dans les herbes, dans les plantes, dans les pierres et dans leurs qualités intimes ! il n'est rien sur la terre de si humble qui ne rende à la terre un service spécial ; il n'est rien non plus de si bon qui, détourné de son légitime usage, ne devienne rebelle à son origine et ne tombe dans

---

32. Diapre : colore.
33. Couperosée : teintée de rouge.
34. Titan : ici, Hélios, le Soleil, qui, selon la mythologie grecque, parcourt le ciel sur un char de feu.
35. Pernicieuses : nuisibles, mortelles.
36. Leur sépulcre est sa matrice même : la terre est à la fois une sépulture et un berceau.

l'abus. La vertu même devient vice, étant mal appliquée, et le vice est parfois ennobli par l'action.

Entre Roméo.

LAURENCE, *prenant une fleur dans un panier.* – Le calice[37] enfant de cette faible fleur recèle un poison et un cordial[38] puissants : respirez-la, elle stimule et l'odorat et toutes les facultés ; goûtez-la, elle frappe de mort et le cœur et tous les sens. Deux reines ennemies sont sans cesse en lutte dans l'homme comme dans la plante, la grâce et la rude volonté ; et là où la pire prédomine, le ver de la mort a bien vite dévoré la créature.

ROMÉO. – Bonjour père.

LAURENCE. – Benedicite[39] ! Quelle voix matinale me salue si doucement ? Jeune fils, c'est signe de quelque désordre d'esprit, quand on dit adieu sitôt à son lit. Le souci fait le guet dans les yeux du vieillard, et le sommeil n'entre jamais où loge le souci. Mais là où la jeunesse ingambe[40] repose, le cerveau dégagé, là règne le sommeil d'or. Je conclus donc de ta visite matinale que quelque grave perturbation t'a mis sur pied. Si cela n'est pas, je devine que notre Roméo ne s'est pas couché cette nuit.

ROMÉO. – Cette dernière conjecture[41] est la vraie ; mais mon repos n'en a été que plus doux.

LAURENCE. – Dieu pardonne au pécheur ! Étais-tu donc avec Rosaline ?

---

37. Le calice : enveloppe extérieure (écorce) de la fleur.
Le calice enfant : la jeune écorce.
38. Cordial : boisson alcoolisée.
39. Benedicite : Dieu te bénisse !
40. Ingambe : alerte, vive.
41. Conjecture : hypothèse.

Roméo. – Avec Rosaline ! Oh non, mon père spirituel : j'ai oublié ce nom, et tous les maux attachés à ce nom.

Laurence. – Voilà un bon fils... Mais où as-tu été alors ?

Roméo. – Je vais te le dire et t'épargner de nouvelles questions. Je me suis trouvé à la même fête que mon ennemie : tout à coup cette ennemie m'a blessé[42], et je l'ai blessée à mon tour : notre guérison à tous deux dépend de tes secours et de ton ministère sacré. Tu le vois, saint homme, je n'ai pas de haine ; car j'intercède[43] pour mon adversaire comme pour moi.

Laurence. – Parle clairement, mon cher fils, et explique-toi sans détour : une confession équivoque[44] n'obtient qu'une absolution[45] équivoque.

Roméo. – Apprends-le donc tout net, j'aime d'un amour profond la fille charmante du riche Capulet. Elle a fixé mon cœur comme j'ai fixé le sien ; pour que notre union soit complète, il ne nous manque que d'être unis par toi dans le saint mariage. Quand, où et comment nous nous sommes vus, aimés et fiancés, je te le dirai chemin faisant ; mais, avant tout, je t'en prie, consens à nous marier aujourd'hui même.

Laurence. – Par saint François ! quel changement ! Cette Rosaline que tu aimais tant, est-elle donc si vite délaissée ? Ah ! l'amour des jeunes gens n'est pas vraiment dans le cœur, il n'est que dans les yeux. Jésus Maria ! que de larmes pour Rosaline ont inondé tes joues blêmes ! Que

42. Blessé : il s'agit de la blessure d'amour.
43. J'intercède : je demande une faveur.
44. Équivoque : difficile à comprendre, confuse.
45. Absolution : pardon donné par Dieu.

d'eau salée prodiguée en pure perte pour assaisonner un amour qui n'en garde pas même l'arrière-goût ! Le soleil n'a pas encore dissipé tes soupirs dans le ciel : tes gémissements passés tintent encore à mes vieilles oreilles. Tiens, il y a encore là, sur ta joue, la trace d'une ancienne larme, non essuyée encore ! Si alors tu étais bien toi-même, si ces douleurs étaient bien les tiennes, toi et tes douleurs vous étiez tout à Rosaline ; et te voilà déjà changé ! Prononce donc avec moi cette sentence[46] : Les femmes peuvent faillir[47], quand les hommes ont si peu de force.

ROMÉO. – Tu m'as souvent reproché mon amour pour Rosaline.

LAURENCE. – Ton amour ? Non, mon enfant, mais ton idolâtrie.

ROMÉO. – Et tu m'as dit d'ensevelir cet amour.

LAURENCE. – Je ne t'ai pas dit d'enterrer un amour pour en exhumer[48] un autre.

ROMÉO. – Je t'en prie, ne me gronde pas : celle que j'aime à présent me rend faveur pour faveur, et amour pour amour ; l'autre n'agissait pas ainsi.

LAURENCE. – Oh ! elle voyait bien que ton amour déclamait sa leçon avant même de savoir épeler.[49] Mais viens, jeune volage, viens avec moi ; une raison me décide à t'assister : cette union peut, par un heureux effet, changer en pure affection la rancune de vos familles.

---

46. Sentence : phrase qui énonce une vérité générale.
47. Faillir : manquer à leur devoir.
48. Exhumer : déterrer.
49. Déclamait sa leçon avant même de savoir épeler : récitait par cœur sa leçon avant de savoir lire.

ROMÉO. – Oh ! partons : il y a urgence à nous hâter.

LAURENCE. – Allons sagement et doucement : trébuche qui court vite.

Ils sortent.

La scène 3 de l'acte II de *Roméo et Juliette*, dans la mise en scène du Lyceum Theatre de Londres, en 1908, avec Matheson Lang (dans le rôle de Roméo) et Frederick Ross (dans le rôle de frère Laurence).

ACTE II

Scène 4

Une rue.
Entrent Benvolio et Mercutio.

Mercutio. – Où diable ce Roméo peut-il être ? Est-ce qu'il n'est pas rentré cette nuit ?

Benvolio. – Non, pas chez son père ; j'ai parlé à son valet.

Mercutio. – Ah ! cette pâle fille au cœur de pierre, cette Rosaline, le tourmente tant qu'à coup sûr il en deviendra fou.

Benvolio. – Tybalt, le parent du vieux Capulet, lui a envoyé une lettre chez son père.

Mercutio. – Un cartel[50], sur mon âme !

Benvolio. – Roméo répondra.

Mercutio. – Tout homme qui sait écrire peut répondre à une lettre.

Benvolio. – C'est à l'auteur de la lettre qu'il répondra : provocation pour provocation.

Mercutio. – Hélas ! pauvre Roméo ! il est déjà mort : poignardé par l'œil noir d'une blanche donzelle[51], frappé à l'oreille par un chant d'amour, atteint au beau milieu du cœur par la flèche de l'aveugle archerot[52]... Est-ce là un homme en état de tenir tête à Tybalt ?

Benvolio. – Eh ! qu'est-ce donc que ce Tybalt ?

---

50. Un cartel : une provocation en duel.
51. Donzelle : demoiselle.
52. Archerot : petit archer, référence à Cupidon.

MERCUTIO. – Plutôt le prince des tigres que des chats, je puis vous le dire. Oh ! il est le courageux capitaine du point d'honneur. Il se bat comme vous modulez un air, observe les temps, la mesure et les règles, allonge piano[53], une, deux, trois, et vous touche en pleine poitrine. C'est un pourfendeur[54] de boutons de soie[55], un duelliste[56], un gentilhomme de première salle[57], qui ferraille[58] pour la première cause venue.

Il se met en garde et se fend.

Oh ! la botte immortelle ! la riposte en tierce[59] ! touché !

BENVOLIO. – Quoi donc ?

MERCUTIO, *se relevant*. – Au diable ces merveilleux grotesques avec leur zézaiement, et leur affectation, et leur nouvel accent !

Changeant de voix.

Jésus ! la bonne lame ! le bel homme ! l'excellente putain ! Ah ! mon grand-père, n'est-ce pas chose lamentable que nous soyons ainsi harcelés par ces moustiques étrangers, par ces colporteurs[60] de modes qui nous poursuivent de leurs pardonnez-moi, et qui, tant ils sont rigides sur leurs nouvelles formes, ne sauraient plus s'asseoir à l'aise sur nos vieux escabeaux[61] ? Peste soit de leurs bonjours et de leurs bonsoirs !

---

53. Piano : doucement (terme musical).
54. Un pourfendeur : un massacreur.
55. Boutons de soie : jeunes élégants qui ne savent pas se battre.
56. Un duelliste : un participant à un duel.
57. De première salle : de la meilleure école.
58. Qui ferraille : qui se bat à l'épée.
59. Se fend, botte, riposte en tierce : positions et coups d'escrimeurs.
60. Ces colporteurs : ces marchands ambulants.
61. Escabeaux : bancs.

Entre Roméo, rêveur.

BENVOLIO. – Voici Roméo ! Voici Roméo !

MERCUTIO. – N'ayant plus que les os ! sec comme un hareng saur ! Oh ! pauvre chair, quel triste maigre tu fais !... Voyons, donne-nous un peu de cette poésie dont débordait Pétrarque[62] : comparée à ta dame, Laure n'était qu'une fille de cuisine, bien que son chantre[63] sût mieux rimer que toi ; Didon[64], une dondon ; Cléopâtre[65], une gipsy ; Hélène[66], une catin ; Héro[67], une gourgandine ; Thisbé[68], un œil d'azur, mais sans éclat ! Signor Roméo, bonjour ! À votre culotte française[69] le salut français !... Vous nous avez joués d'une manière charmante hier soir.

ROMÉO. – Salut à tous deux !... que voulez-vous dire ?

MERCUTIO. – Eh ! vous ne comprenez pas ? vous avez fait une fugue, une si belle fugue !

ROMÉO. – Pardon, mon cher Mercutio, j'avais une affaire urgente ; et, dans un cas comme le mien, il est permis à un homme de brusquer la politesse.

MERCUTIO. – Autant dire que, dans un cas comme le vôtre, un homme est forcé de fléchir le jarret[70] pour...

---

62. Pétrarque : poète italien (1304-1374), auteur de poèmes amoureux. Laure était sa muse.
63. Son chantre : son admirateur.
64. Didon : reine de Carthage amoureuse d'Énée, elle s'est suicidée lorsqu'Énée l'a quittée. Elle est comparée à une « dondon », femme forte.
65. Cléopâtre : reine d'Égypte, aimée par Jules César, puis par Antoine. Elle est comparée à une « gipsy », une gitane.
66. Hélène : reine grecque très belle enlevée par le troyen Pâris. Elle est comparée à une « catin », une prostituée.
67. Héro : Héro et Léandre forment un couple de la mythologie grecque. Héro est comparée à une « gourgandine », une dévergondée.
68. Thisbé : amoureuse de Pyrame. Leur histoire tragique racontée par Ovide a inspiré Shakespeare pour Roméo et Juliette.
69. Culotte française : culotte à la française, ample et flottante.
70. Fléchir le jarret : plier les genoux.

ROMÉO. – Pour tirer sa révérence.

MERCUTIO. – Merci. Tu as touché juste.

ROMÉO. – C'est l'explication la plus bienséante[71].

MERCUTIO. – Sache que je suis la rose de la bienséance.

ROMÉO. – Fais-la-moi sentir.

MERCUTIO. – La rose même !

ROMÉO, *montrant sa chaussure couverte de rubans.* Mon escarpin t'en offre la rosette !

MERCUTIO. – Bien dit. Prolonge cette plaisanterie jusqu'à ce que ton escarpin soit éculé[72]; quand il n'aura plus de talon, tu pourras du moins appuyer sur la pointe.

ROMÉO. – Plaisanterie de va-nu-pieds !

MERCUTIO. – Au secours, bon Benvolio ! mes esprits se dérobent[73].

ROMÉO. – Donne-leur du fouet et de l'éperon ; sinon, je crie : victoire !

MERCUTIO. – Si c'est à la course des oies que tu me défies, je me récuse[74] : il y a de l'oie dans un seul de tes esprits plus que dans tous les miens... M'auriez-vous pris pour une oie ?

ROMÉO. – Je ne t'ai jamais pris pour autre chose.

MERCUTIO. – Je vais te mordre l'oreille pour cette plaisanterie-là.

ROMÉO. – Non. Bonne oie ne mord pas.

MERCUTIO. – Ton esprit est comme une pomme aigre : il est à la sauce piquante.

---

71. Bienséante : courtoise.
72. Éculé : usé.
73. Mes esprits se dérobent : mon esprit faiblit.
74. Je me récuse : j'abandonne.

ROMÉO. – N'est-ce pas ce qu'il faut pour accommoder l'oie grasse ?

MERCUTIO. – Esprit de chevreau ! cela prête à volonté[75] : avec un pouce d'ampleur on en fait long comme une verge[76].

ROMÉO. – Je n'ai qu'à prêter l'ampleur à l'oie en question ; cela suffit : te voilà déclaré... grosse oie.

Ils éclatent de rire.

MERCUTIO. – Eh bien, ne vaut-il pas mieux rire ainsi que de geindre par amour ? Te voilà sociable, à présent, te voilà redevenu Roméo ; te voilà ce que tu dois être, de par l'art et de par la nature. Crois-moi, cet amour grognon n'est qu'un grand nigaud qui s'en va, tirant la langue, et cherchant un trou où fourrer sa... marotte[77].

BENVOLIO. – Arrête-toi là, arrête-toi là.

MERCUTIO. – Tu veux donc que j'arrête mon histoire à contre-poil[78] ?

BENVOLIO. – Je craignais qu'elle ne fût trop longue.

MERCUTIO. – Oh ! tu te trompes : elle allait être fort courte ; car je suis à bout et je n'ai pas l'intention d'occuper la place plus longtemps.

ROMÉO. – Voilà qui est parfait.

Entrent la nourrice et Pierre.

MERCUTIO. – Une voile ! une voile ! une voile !

BENVOLIO. – Deux voiles ! deux voiles ! une culotte et un jupon.

---

75. Cela prête à volonté : il s'étire à volonté.
76. Avec un pouce [...] verge : d'un pouce (2,5 centimètres) on en fait une aune (1,20 mètre).
77. Marotte : bâton surmonté d'une tête grotesque, attribut des fous du roi ; ici, allusion sexuelle.
78. À contre-poil : avant d'arriver à la fin.

La nourrice. – Pierre !

Pierre. – Voilà !

La nourrice. – Mon éventail, Pierre.

Mercutio. – Donne-le-lui, bon Pierre, qu'elle cache son visage, son éventail est moins laid.

La nourrice. – Dieu vous donne le bonjour, mes gentilshommes !

Mercutio. – Dieu vous donne le bonsoir, ma gentille femme !

La nourrice. – C'est donc déjà le soir ?

Mercutio. – Oui, déjà, je puis vous le dire, car l'index libertin du cadran est en érection sur midi.

La nourrice. – Diantre de vous ! quel homme êtes-vous donc ?

Roméo. – Un mortel, gentille femme, que Dieu créa pour se faire injure[79] à lui-même.

La nourrice. – Bien répondu, sur ma parole ! Pour se faire injure à lui-même, a-t-il dit ?... Messieurs, quelqu'un de vous saurait-il m'indiquer où je puis trouver le jeune Roméo ?

Roméo. – Je puis vous l'indiquer : pourtant le jeune Roméo, quand vous l'aurez trouvé, sera plus vieux qu'au moment où vous vous êtes mise à le chercher. Je suis le plus jeune de ce nom-là, à défaut d'un pire.

La nourrice. – Fort bien !

Mercutio. – C'est le pire qu'elle trouve fort bien ! bonne remarque, ma foi, fort sensée, fort sensée.

---

79. Se faire injure : se faire du tort.

LA NOURRICE, *à Roméo.*
Si vous êtes Roméo, monsieur, je désire vous faire une courte confidence.

BENVOLIO. – Elle va le convier à quelque souper.

MERCUTIO. – Une maquerelle[80] ! une maquerelle ! une maquerelle ! Taïaut !

ROMÉO, *à Mercutio.*
Quel gibier as-tu donc levé ?

MERCUTIO. – Ce n'est pas précisément un lièvre, mais une bête à poil, rance comme la venaison[81] moisie d'un pâté de carême[82].

Il chante.

Un vieux lièvre faisandé.
Quoiqu'il ait le poil gris,
Est un fort bon plat de carême ;
Mais un vieux lièvre faisandé.
A trop longtemps duré,
S'il est moisi avant d'être fini.

Roméo, venez-vous chez votre père ? Nous y allons dîner.

ROMÉO. – Je vous suis.

Mercutio, saluant la nourrice.

Adieu, l'antique dame, adieu, la dame, la dame, la dame !

Sortent Mercutio et Benvolio.

LA NOURRICE. – Oui, morbleu, adieu ! Dites-moi donc quel est cet impudent fripier[83] qui a débité tant de vilenies[84] ?

---

80. Maquerelle : femme qui tire bénéfice de la prostitution d'autres femmes.
81. La venaison : la viande de gibier.
82. Pâté de Carême : pâté sans viande que l'on mange pendant le Carême (temps de jeûne avant Pâques).
83. Cet impudent fripier : cet insolent vendeur de vêtements.
84. Vilenies : paroles insultantes.

ROMÉO. – C'est un gentilhomme, nourrice, qui aime à s'entendre parler, et qui en dit plus en une minute qu'il ne pourrait en écouter en un mois.

LA NOURRICE. – S'il s'avise de rien dire contre moi, je le mettrai à la raison[85], fût-il vigoureux comme vingt freluquets de son espèce ; et si je ne le puis moi-même, j'en trouverai qui y parviendront. Le polisson ! le malotru ! Je ne suis pas une de ses drôlesses ; je ne suis pas une de ses femelles !

À Pierre.

Et toi aussi, il faut que tu restes coi[86], et que tu permettes au premier croquant[87] venu d'user de moi à sa guise !

PIERRE. – Je n'ai vu personne user de vous à sa guise ; si je l'avais vu, ma lame aurait bien vite été dehors, je vous le garantis. Je suis aussi prompt qu'un autre à dégainer quand je vois occasion pour une bonne querelle, et que la loi est de mon côté.

LA NOURRICE. – Vive Dieu ! je suis si vexée que j'en tremble de tous mes membres !... Le polisson ! le malotru !... De grâce, monsieur, un mot ! Comme je vous l'ai dit, ma jeune maîtresse m'a chargée d'aller à votre recherche... Ce qu'elle m'a chargée de vous dire, je le garde pour moi... Mais d'abord laissez-moi vous déclarer que, si vous aviez l'intention, comme on dit, de la mener au paradis des fous[88], ce serait une façon d'agir très-grossière, comme on dit : car la demoiselle est si jeune ! Si donc il vous arrivait

---

85. S'il s'avise de rien dire contre moi [...] raison : s'il ose dire quelque chose contre moi, je lui demanderai des comptes.
86. Et toi aussi, il faut que tu restes coi : et toi aussi, tu restes là sans rien dire.
87. Croquant : voyou.
88. La mener aux paradis des fous : lui mentir.

de jouer double jeu avec elle, ce serait un vilain trait à faire à une demoiselle, et un procédé très-mesquin.

Roméo. – Nourrice, recommande-moi à ta dame et maîtresse. Je te jure...

La nourrice. – L'excellent cœur ! Oui, ma foi, je le lui dirai. Seigneur ! Seigneur ! elle va être bien joyeuse.

Roméo. – Que lui diras-tu, nourrice ? Tu ne m'écoutes pas.

La nourrice. – Je lui dirai, monsieur, que vous jurez, ce qui, à mon avis, est une action toute gentilhommière.

Roméo. – Dis-lui de trouver quelque moyen d'aller à confesse cette après-midi ; c'est dans la cellule de frère Laurence qu'elle sera confessée et mariée. Voici pour ta peine.

Il lui offre la bourse.

La nourrice. – Non vraiment, monsieur, pas un denier[89] !

Roméo. – Allons ! il le faut, te dis-je.

La nourrice, *prenant la bourse.* – Cette après-midi, monsieur ? Bon, elle sera là.

Roméo. – Et toi, bonne nourrice, tu attendras derrière le mur de l'abbaye. Avant une heure, mon valet ira te rejoindre et t'apportera une échelle de corde : ce sont les haubans[90] par lesquels je dois, dans le mystère de la nuit, monter au hunier[91] de mon bonheur... Adieu ! recommande-moi à ta maîtresse.

La nourrice. – Sur ce, que le Dieu du ciel te bénisse ! Écoutez, monsieur.

Roméo. – Qu'as-tu à dire, ma chère nourrice ?

---

89. Denier : pièce de monnaie.
90. Les haubans : les câbles qui maintiennent les mâts.
91. Hunier : petite voile.

La nourrice. – Votre valet est-il discret ? Vous connaissez sans doute le proverbe : Deux personnes, hormis une, peuvent garder un secret.[92]

Roméo. – Rassure-toi : mon valet est éprouvé comme l'acier.

La nourrice. – Bien, monsieur : ma maîtresse est bien la plus charmante dame... Seigneur ! Seigneur !... Quand elle n'était encore qu'un petit être babillard[93] !... Oh ! il y a en ville un grand seigneur, un certain Pâris[94], qui voudrait bien tâter du morceau ; mais elle, la bonne âme, elle aimerait autant voir un crapaud, un vrai crapaud, que de le voir, lui. Je la fâche quelquefois quand je lui dis que Pâris est l'homme qui lui convient le mieux : ah ! je vous le garantis, quand je dis ça, elle devient aussi pâle que n'importe quel linge au monde... *Romarin* et *Roméo* commencent tous deux par la même lettre, n'est-ce pas ?

Roméo. – Oui, nourrice. L'un et l'autre commencent par un R. Après ?

La nourrice. – Ah ! vous dites ça d'un air moqueur. Un R, c'est bon pour le nom d'un chien, puisque c'est un grognement de chien... Je suis bien sûre que Roméo commence par une autre lettre... Allez, elle dit de si jolies sentences sur vous et sur le romarin, que cela vous ferait du bien de les entendre.

Roméo. – Recommande-moi à ta maîtresse.

Il sort.

---

92. Deux personnes [...] secret : deux personnes peuvent garder un secret si l'une des deux ne le connaît pas.
93. Un petit être babillard : un bébé bavard.
94. Pâris : prince troyen amoureux de la reine grecque Hélène.

La nourrice. – Oui, mille fois !... Pierre !

Pierre. – Voilà !

La nourrice. – En avant, et lestement.

Ils sortent.

Esquisse d'Alexandra Exter (1882-1949) pour le personnage de la nourrice, en vue d'une représentation au théâtre Kamerny de Moscou, le 17 mai 1921. Gouache. Moscou, Galerie Tretïakoff.

ACTE II

Scène 5

L'appartement de Juliette.
Entre Juliette.

JULIETTE. – L'horloge frappait neuf heures, quand j'ai envoyé la nourrice ; elle m'avait promis d'être de retour en une demi-heure… Peut-être n'a-t-elle pas pu le trouver !… Mais non… Oh ! elle est boiteuse ! Les messagers d'amour devraient être des pensées, plus promptes[95] dix fois que les rayons du soleil qui dissipent l'ombre au-dessus des collines nébuleuses[96]. Aussi l'amour est-il traîné par d'agiles colombes ; aussi Cupidon a-t-il des ailes rapides comme le vent. Maintenant le soleil a atteint le sommet suprême de sa course d'aujourd'hui ; de neuf heures à midi il y a trois longues heures, et elle n'est pas encore venue ! Si elle avait les affections et le sang brûlant de la jeunesse, elle aurait le leste mouvement d'une balle ; d'un mot je la lancerais à mon bien-aimé qui me la renverrait d'un mot. Mais ces vieilles gens, on les prendrait souvent pour des morts, à voir leur inertie[97], leur lenteur, leur lourdeur et leur pâleur de plomb.

Entrent la nourrice et Pierre.

JULIETTE. – Mon Dieu, la voici enfin… Ô nourrice de miel, quoi de nouveau ? L'as-tu trouvé ?… Renvoie cet homme.

95. Promptes : rapides.
96. Nébuleuses : sombres, obscurcies par les nuages.
97. Leur inertie : leur absence d'énergie.

La nourrice. – Pierre, restez à la porte.

Pierre sort.

Juliette. – Eh bien, bonne, douce nourrice ?... Seigneur ! pourquoi as-tu cette mine abattue ? Quand tes nouvelles seraient tristes, annonce-les-moi gaiement. Si tes nouvelles sont bonnes, tu fais tort à leur douce musique en me la jouant avec cet air aigre.

La nourrice. – Je suis épuisée ; laisse-moi respirer un peu. Ah ! que mes os me font mal ! Quelle course j'ai faite !

Juliette. – Je voudrais que tu eusses mes os, pourvu que j'eusse des nouvelles... Allons, je t'en prie, parle ; bonne, bonne nourrice, parle.

La nourrice. – Jésus ! quelle hâte ! Pouvez-vous pas attendre un peu ? Voyez-vous pas que je suis hors d'haleine ?

Juliette. – Comment peux-tu être hors d'haleine quand il te reste assez d'haleine pour me dire que tu es hors d'haleine ? L'excuse que tu donnes à tant de délais est plus longue à dire que le récit que tu t'excuses de différer. Tes nouvelles sont-elles bonnes ou mauvaises ? Réponds à cela ; réponds d'un mot, et j'attendrai les détails. Édifie-moi : sont-elles bonnes ou mauvaises ?

La nourrice. – Ma foi, vous avez fait là un pauvre choix : vous ne vous entendez pas à choisir un homme : Roméo, un homme ? non. Bien que son visage soit le plus beau visage qui soit, il a la jambe mieux faite que tout autre ; et pour la main, pour le pied, pour la taille, bien qu'il n'y ait pas grand chose à en dire, tout cela est incomparable... Il n'est pas la fleur de la courtoisie, pourtant je le garantis aussi doux qu'un agneau... Va ton chemin, fillette, sers Dieu... Ah çà ! avez-vous dîné ici ?

JULIETTE. – Non, non... Mais je savais déjà tout cela. Que dit-il de notre mariage ? Qu'est-ce qu'il en dit ?

LA NOURRICE. – Seigneur que la tête me fait mal ! Quelle tête j'ai ! Elle bat comme si elle allait tomber en vingt morceaux... Et puis, d'un autre côté, mon dos... Oh ! mon dos ! mon dos ! Méchant cœur que vous êtes de m'envoyer ainsi pour attraper ma mort à galoper de tous côtés !

JULIETTE. – En vérité, je suis fâchée que tu ne sois pas bien : chère, chère, chère nourrice, dis-moi, que dit mon bien-aimé ?

LA NOURRICE. – Votre bien-aimé parle en gentilhomme loyal, et courtois, et affable[98], et gracieux, et, j'ose le dire, vertueux... Où est votre mère ?

JULIETTE. – Où est ma mère ? Eh bien, elle est à la maison : où veux-tu qu'elle soit ? Que tu réponds singulièrement ! *Votre bien-aimé parle en gentilhomme loyal, où est votre mère ?*

LA NOURRICE. – Oh ! Notre-Dame du bon Dieu ! Êtes-vous à ce point brûlante ? Pardine[99], échauffez-vous encore : est-ce là votre cataplasme[100] pour mes pauvres os ? Dorénavant, faites vos messages vous-même !

JULIETTE. – Que d'embarras !... Voyons, que dit Roméo ?

LA NOURRICE. – Avez-vous la permission d'aller à confesse aujourd'hui ?

JULIETTE. – Oui.

---

98. Affable : aimable.
99. Pardine : pardi, pour Par Dieu.
100. Cataplasme : préparation à appliquer sur une partie du corps pour le soigner.

La nourrice. – Eh bien, courez de ce pas à la cellule de frère Laurence : un mari vous y attend pour faire de vous sa femme. Ah bien ! voilà ce fripon de sang qui vous vient aux joues : bientôt elles deviendront écarlates à la moindre nouvelle. Courez à l'église ; moi, je vais d'un autre côté chercher l'échelle par laquelle votre bien-aimé doit grimper jusqu'au nid de l'oiseau, dès qu'il fera nuit noire. C'est moi qui suis la bête de somme, et je m'épuise pour votre plaisir ; mais, pas plus tard que ce soir, ce sera vous qui porterez le fardeau. Allons je vais dîner ; courez vite à la cellule.

Juliette. – Vite au bonheur suprême !... Honnête nourrice, adieu.

Elles sortent par des côtés différents.

ACTE II

Scène 6

La cellule de frère Laurence.
Entrent frère Laurence et Roméo.

LAURENCE. – Veuille le ciel sourire à cet acte pieux, et puisse l'avenir ne pas nous le reprocher par un chagrin !

ROMÉO. – Amen ! amen ! Mais viennent tous les chagrins possibles, ils ne sauraient contrebalancer le bonheur que me donne la plus courte minute passée en sa présence. Joins seulement nos mains avec les paroles saintes, et qu'alors la mort, vampire de l'amour, fasse ce qu'elle ose : c'est assez que Juliette soit mienne !

LAURENCE. – Ces joies violentes ont des fins violentes, et meurent dans leur triomphe : flamme et poudre, elles se consument en un baiser. Le plus doux miel devient fastidieux par sa suavité[101] même, et détruit l'appétit par le goût : aime donc modérément : modéré est l'amour durable : la précipitation n'atteint pas le but plus tôt que la lenteur...

Entre Juliette.

LAURENCE. – Voici la dame ! Oh ! jamais un pied aussi léger n'usera la dalle éternelle : les amoureux pourraient chevaucher sur ces fils de la Vierge[102] qui flottent au souffle ardent de l'été, et ils ne tomberaient pas : si légère est toute vanité !

---

101. Sa suavité : sa douceur.
102. Ces fils de la Vierge : ces fils tissés par les araignées.

Juliette. – Salut à mon vénérable confesseur !

Laurence. – Roméo te remerciera pour nous deux, ma fille.

Juliette. – Je lui envoie le même salut : sans quoi ses remerciements seraient immérités.

Roméo. – Ah ! Juliette, si ta joie est à son comble comme la mienne, et si, plus habile que moi, tu peux la peindre, alors parfume de ton haleine l'air qui nous entoure, et que la riche musique de ta voix exprime le bonheur idéal que nous fait ressentir à tous deux une rencontre si chère.

Juliette. – Le sentiment, plus riche en impressions qu'en paroles, est fier de son essence, et non des ornements[103]: indigents[104] sont ceux qui peuvent compter leurs richesses ; mais mon sincère amour est parvenu à un tel excès que je ne saurais évaluer la moitié de mes trésors.

Laurence. – Allons, venez avec moi, et nous aurons bientôt fait ; sauf votre bon plaisir, je ne vous laisserai seuls que quand la sainte Église vous aura incorporés[105] l'un à l'autre.

Ils sortent.

103. Le sentiment [...] ornements : les sentiments sont plus riches que les mots.
104. Indigents : pauvres (ce sont les pauvres qui comptent leur richesse).
105. Incorporés : unis.

CARNET DE LECTURE

QUESTIONS SUR L'ACTE II

AI-JE BIEN LU ?

1 Numérote les actions dans l'ordre chronologique.

- [.....] Frère Laurence accepte de marier Juliette et Roméo.
- [.....] Roméo est sous le balcon de Juliette ; ils se déclarent leur amour.
- [.....] Mercutio et Benvolio partent à la recherche de Roméo.
- [.....] Juliette envoie sa nourrice parler à Roméo.
- [.....] Roméo fixe un rendez-vous à Juliette dans la cellule de frère Laurence.
- [.....] Roméo confesse son amour pour une Capulet à frère Laurence.
- [.....] Mercutio se moque de la nourrice.

J'ANALYSE LE TEXTE

Un amour lumineux

2 **a.** Comment Mercutio et Benvolio caractérisent-ils l'humeur de leur ami Roméo ? (l. 52-61)
b. Connaissent-ils les raisons pour lesquelles Roméo les fuit ?

> INFO+
> Définir le **cadre spatio-temporel**, c'est indiquer le lieu et le moment de l'action.

3 **a.** Où Roméo revoit-il Juliette ?
☐ Roméo retrouve Juliette dans la demeure de Mercutio.
☐ Roméo pénètre chez Juliette et se cache sous son balcon.
b. À quel moment (jour ou nuit) ?
c. Quelle atmosphère se dégage de ce cadre ?

4 **a.** Par quel champ lexical Roméo caractérise-t-il la beauté de Juliette ? (l. 64-91)
b. En quoi ce champ lexical forme-t-il un contraste avec le cadre de la scène ?

Une déclaration passionnée

5 **a.** Explique les répliques des lignes 96 et 107 :
- la réplique de Juliette (« ton nom seul est mon ennemi ») ;
- la réponse de Roméo (« je reçois un nouveau baptême »).

b. Relève la métaphore qui montre que l'amour de Roméo ne connaît pas de limites (l. 124-128).

6 Par quelle métaphore animalière Juliette exprime-t-elle son amour (l. 226-228) ?

Une issue heureuse ?

7 **a.** Quel personnage vient troubler l'échange entre Roméo et Juliette ?
b. Selon toi, ce personnage est-il comique ou tragique ? Justifie ta réponse.
c. Imagine quel type de comédienne convient pour le rôle (apparence physique, âge, jeu de scène).

8 Sur quelles résolutions des deux amants le dialogue s'achève-t-il ?
Coche les deux bonnes réponses.

☐ envoyer un messager
☐ renoncer à se voir
☐ s'enfuir
☐ se confier à frère Laurence
☐ changer de nom

INFO+
Le **nœud de l'action** est le moment où les fils de l'intrigue se nouent, où la situation initiale se complique.

9 **a.** Comment frère Laurence va-t-il aider les amoureux ?
b. Montre en résumant la situation que les fils de l'intrigue se nouent.

INFO+
Une **hyperbole** est une figure de style qui consiste à exagérer la réalité.

10 Relève les deux hyperboles par lesquelles Roméo et Juliette expriment leur bonheur (l. 711-719).

JE FAIS LE BILAN

11 Complète les phrases-bilan à l'aide des mots suivants.

balcon | cellule | confesseur | marier | nourrice | nuit | obstacles | passion | solaire

a. Dans l'acte II, Roméo et Juliette confirment leur amour lors de la scène dite du ..... balcon ..... .
Dissimulés par la ..... nuit ....., les amants avouent leur ..... passion ..... .
Roméo vante la beauté ..... solaire ..... de Juliette.
Son amour est prêt à braver tous les ..... obstacles ..... .
b. Le ..... confesseur ..... de Roméo et Juliette, frère Laurence, accepte d'aider les amants.
c. La ..... nourrice ..... transmet un message à Juliette.
Elle doit rejoindre Roméo dans la ..... cellule ..... de frère Laurence pour se ..... marier ..... .
Réunis, les deux amants expriment un bonheur intense.

JE FORMULE MES IMPRESSIONS À L'ORAL

12 Roméo et Juliette expriment leur amour de manière imagée (soleil, animal, etc.).
Selon toi, pourquoi utilise-t-on des métaphores pour exprimer son amour ? Et toi, lesquelles utiliserais-tu ?
Tu peux t'aider du dossier « Comment parler d'amour ? », en fin d'ouvrage.

J'ÉTUDIE LA LANGUE

Grammaire : les types de phrases

INFO+
Il existe quatre **types de phrase** pour exprimer les intentions de celui qui parle : déclarative, exclamative, interrogative et injonctive (marquée par l'emploi de l'impératif présent).

13 **a.** Identifie les types de phrase dans cette réplique de Juliette : « O Roméo ! Roméo ! Pourquoi es-tu Roméo ? Renie ton père et abdique ton nom [...] »
b. Justifie leur emploi en expliquant quels sentiments sont ainsi exprimés.

JE ME DOCUMENTE

Faire une recherche sur une transposition du mythe

14 Fais une recherche sur la comédie musicale *West Side Story* réalisée par Robert Wise et Jerome Robbins, sur la musique de Leonard Bernstein, et sortie en 1961.
À quelle époque et dans quel contexte l'histoire de *Roméo et Juliette* est-elle transposée ?

JE LIS LES IMAGES

Image 1

Richard Beymer et Natalie Wood dans *West Side Story* (1961), film réalisé par Robert Wise et Jerome Robbins.

► RETROUVE CETTE IMAGE EN COULEUR SUR LE RABAT DE COUVERTURE

15 **a.** Décris les éléments du décor. Comment symbolisent-ils la difficulté de s'aimer pour deux jeunes gens des bas quartiers de Manhattan, Riff (ami du chef de la bande des Jets) et Maria (sœur du chef de la bande rivale des Sharks).

b. Quelle est l'attitude de Maria ?

c. Par quels gestes les acteurs expriment-ils les sentiments des personnages ?

Image 2

Ludmila Pagliero (Juliette) et Germain Louvet (Roméo) dans le ballet *Roméo et Juliette* (2018) de Sasha Waltz. Ballet de l'Opéra national de Paris. Lumières : David Finn.

▶ RETROUVE CETTE IMAGE EN COULEUR SUR LE PLAT 1 DE COUVERTURE

16 **a.** Décris la posture des danseurs : comment le sentiment amoureux des deux personnages est-il rendu ?
b. Retrouve dans la scène 2 la métaphore employée par Roméo qui semble ici interprétée.

Scène première

Vérone. La promenade du Cours[1]
près de la porte des Borsari.
Entrent Mercutio, Benvolio, un page et des valets.

Benvolio. – Je t'en prie, bon Mercutio, retirons-nous ; la journée est chaude ; les Capulets sont dehors, et, si nous les rencontrons, nous ne pourrons pas éviter une querelle : car, dans ces jours de chaleur, le sang est furieusement excité !

Mercutio. – Tu m'as tout l'air d'un de ces gaillards qui, dès qu'ils entrent dans une taverne, me flanquent leur épée sur la table en disant : Dieu veuille que je n'en aie pas besoin ! et qui, à peine la seconde rasade a-t-elle opéré[2], dégainent contre le cabaretier[3], sans qu'en réalité il en soit besoin.

Benvolio. – Moi ! j'ai l'air d'un de ces gaillards-là ?

Mercutio. – Allons, allons, tu as la tête aussi chaude que n'importe quel drille[4] d'Italie ; personne n'a plus d'emportement que toi à prendre de l'humeur et personne n'est plus d'humeur à s'emporter.

Benvolio. – Comment cela ?

Mercutio. – Oui, s'il existait deux êtres comme toi, nous n'en aurions bientôt plus un seul, car l'un tuerait l'autre.

---

1. **Promenade du Cours :** avenue plantée d'arbres.
2. **À peine la seconde rasade a-t-elle opéré :** dès que le second verre a fait son effet.
3. **Le cabaretier :** le propriétaire de la taverne, du bar.
4. **Drille :** vagabond.

Toi ! mais tu te querelleras avec un homme qui aura au menton un poil de plus ou de moins que toi ! Tu te querelleras avec un homme qui fera craquer des noix, par cette unique raison que tu as l'œil couleur noisette : il faut des yeux comme les tiens pour découvrir là un grief[5] ! Ta tête est pleine de querelles, comme l'œuf est plein du poussin ; ce qui ne l'empêche pas d'être vide, comme l'œuf cassé, à force d'avoir été battue à chaque querelle. Tu t'es querellé avec un homme qui toussait dans la rue, parce qu'il avait réveillé ton chien endormi au soleil. Un jour, n'as-tu pas cherché noise[6] à un tailleur parce qu'il portait un pourpoint neuf avant Pâques[7], et à un autre parce qu'il attachait ses souliers neufs avec un vieux ruban ? Et c'est toi qui me fais un sermon contre les querelles !

BENVOLIO. – Si j'étais aussi querelleur que toi, je céderais ma vie en nue propriété[8] au premier acheteur qui m'assurerait une heure et quart d'existence.

MERCUTIO. – En nue propriété ! Voilà qui serait propre !

Entrent Tybalt, Pétruchio et quelques partisans.

BENVOLIO. – Sur ma tête, voici les Capulets.

MERCUTIO. – Par mon talon, je ne m'en soucie pas.

TYBALT, *à ses amis.* – Suivez-moi de près, car je vais leur parler...

À Mercutio et à Benvolio.

Bonsoir, messieurs : un mot à l'un de vous.

---

5. Un grief : un sujet de dispute.
6. Cherché noise : cherché des histoires, des querelles.
7. Un pourpoint neuf avant Pâques : un habit neuf avant Pâques (on ne mettait pas de vêtement neuf pendant le Carême, qui se termine à Pâques).
8. En nue propriété : entièrement.

MERCUTIO. – Rien qu'un mot ? Accouplez-le à quelque chose : donnez le mot et le coup.

TYBALT. – Vous m'y trouverez assez disposé, messire, pour peu que vous m'en fournissiez l'occasion.

MERCUTIO. – Ne pourriez-vous pas prendre l'occasion sans qu'on vous la fournît ?

TYBALT. – Mercutio, tu es de concert avec Roméo[9]...

MERCUTIO. – De concert ! Comment ! nous prends-tu pour des ménestrels[10] ? Si tu fais de nous des ménestrels, prépare-toi à n'entendre que désaccords.

Mettant la main sur son épée.

Voici mon archet ; voici qui vous fera danser. Sang-dieu[11], de concert !

BENVOLIO. – Nous parlons ici sur la promenade publique ; ou retirons-nous dans quelque lieu écarté, ou raisonnons froidement de nos griefs[12], ou enfin séparons-nous. Ici tous les yeux se fixent sur nous.

MERCUTIO. – Les yeux des hommes sont faits pour voir : laissons-les se fixer sur nous : aucune volonté humaine ne me fera bouger, moi !

Entre Roméo.

TYBALT, *à Mercutio.* – Allons, la paix soit avec vous, messire !

Montrant Roméo.

Voici mon homme.

MERCUTIO. – Je veux être pendu, messire, si celui-là porte votre livrée[13] : morbleu, allez sur le terrain, il sera de

9. **Tu es de concert avec Roméo :** tu es en accord avec Roméo.
10. **Des ménestrels :** des musiciens.
11. **Sang-dieu :** équivalent de « bon Dieu » ou « bon sang » (juron).
12. **Nos griefs :** nos sujets de plainte.
13. **Livrée :** vêtement aux couleurs des armes d'un seigneur.

votre suite[14] ; c'est dans ce sens-là que Votre Seigneurie peut l'appeler son homme.

TYBALT. – Roméo, l'amour que je te porte ne me fournit pas de terme meilleur que celui-ci : Tu es un infâme !

ROMÉO. – Tybalt, les raisons que j'ai de t'aimer me font excuser la rage qui éclate par un tel salut… Je ne suis pas un infâme… Ainsi, adieu : je vois que tu ne me connais pas.

Il va pour sortir.

TYBALT. – Enfant, ceci ne saurait excuser les injures que tu m'as faites : tourne-toi donc, et en garde !

ROMÉO. – Je proteste que je ne t'ai jamais fait injure, et que je t'aime d'une affection dont tu n'auras idée que le jour où tu en connaîtras les motifs… Ainsi, bon Capulet… (ce nom m'est aussi cher que le mien), tiens-toi pour satisfait.

MERCUTIO. – Ô froide, déshonorante, ignoble soumission ! Une estocade[15] pour réparer cela !

Il met l'épée à la main.

Tybalt, tueur de rats, voulez-vous faire un tour ? –

TYBALT. – Que veux-tu de moi ?

MERCUTIO. – Rien, bon roi des chats, rien qu'une de vos neuf vies ; celle-là, j'entends m'en régaler, me réservant, selon votre conduite future à mon égard, de mettre en hachis les huit autres. Tirez donc vite votre épée par les oreilles, ou, avant qu'elle soit hors de l'étui, vos oreilles sentiront la mienne.

TYBALT, *l'épée à la main*. – Je suis à vous.

---

14. Il sera de votre suite : il appartiendra à votre groupe de domestiques, à votre maison.
15. Une estocade : une attaque à l'épée.

Roméo. – Mon bon Mercutio, remets ton épée.

Mercutio, *à Tybalt.* – Allons, messire, votre meilleure passe[16] !

Ils se battent.

Roméo. – Dégaine, Benvolio, et abattons leurs armes... Messieurs, par pudeur, reculez devant un tel outrage : Tybalt ! Mercutio ! Le prince a expressément interdit les rixes[17] dans les rues de Vérone... Arrêtez, Tybalt ! cher Mercutio !

Roméo étend son épée entre les combattants.
Tybalt atteint Mercutio par-dessous le bras de Roméo et s'enfuit avec ses partisans.

Mercutio. – Je suis blessé... Malédiction sur les deux maisons !... Je suis expédié[18]... Il est parti ! Est-ce qu'il n'a rien ?

Il chancelle.

Benvolio, *soutenant Mercutio.* – Quoi, es-tu blessé ?

Mercutio. – Oui, oui, une égratignure, une égratignure ; morbleu, c'est bien suffisant... Où est mon page ? Maraud, va me chercher un chirurgien.

Le page sort.

Roméo. – Courage, ami : la blessure ne peut être sérieuse.

Mercutio. – Non, elle n'est pas aussi profonde qu'un puits, ni aussi large qu'une porte d'église ! mais elle est suffisante, elle peut compter : demandez à me voir demain, et, quand vous me retrouverez, j'aurai la gravité que donne la bière[19]. Je suis poivré[20], je vous le garantis, assez pour ce

---

16. Votre meilleure passe : votre meilleure attaque à l'épée.
17. Les rixes : les bagarres.
18. Je suis expédié : je suis fait.
19. J'aurai la gravité que donne la bière : j'aurai la gravité d'un homme dans la tombe.
20. Poivré : touché sévèrement.

bas monde... Malédiction sur vos deux maisons !... Moi, un homme, être égratigné à mort par un chien, un rat, une souris, un chat ! par un fier-à-bras[21], un gueux, un maroufle qui ne se bat que par règle d'arithmétique !

À Roméo.

Pourquoi diable vous êtes-vous mis entre nous ? J'ai reçu le coup par-dessous votre bras.

ROMÉO. – J'ai cru faire pour le mieux.

MERCUTIO. – Aide-moi jusqu'à une maison, Benvolio, ou je vais défaillir... Malédiction sur vos deux maisons ! Elles ont fait de moi de la viande à vermine... Oh ! j'ai reçu mon affaire, et bien à fond... Vos maisons !...

Mercutio sort, soutenu par Benvolio.

ROMÉO, *seul.* – Donc un bon gentilhomme, le proche parent du prince, mon intime ami, a reçu le coup mortel pour moi, après l'outrage déshonorant fait à ma réputation par Tybalt, par Tybalt, qui depuis une heure est mon cousin !... Ô ma douce Juliette, ta beauté m'a efféminé ; elle a amolli la trempe d'acier de ma valeur !

Rentre Benvolio.

BENVOLIO. – Ô Roméo, Roméo ! le brave Mercutio est mort : Ce galant esprit a aspiré la nuée[22], trop tôt dégoûté de cette terre.

ROMÉO. – Ce jour fera peser sur les jours à venir sa sombre fatalité : il commence le malheur, d'autres doivent l'achever.

Rentre Tybalt.

BENVOLIO. – Voici le furieux Tybalt qui revient.

---

21. Un fier à bras : un crâneur.
22. Ce galant esprit a aspiré la nuée : ce fier esprit s'est envolé vers les nuages.

Roméo. – Vivant ! triomphant ! et Mercutio tué ! Remonte au ciel, circonspecte indulgence[23], et toi, furie à l'œil de flamme, sois mon guide maintenant ! Ah ! Tybalt, reprends pour toi ce nom d'infâme[24] que tu m'as donné tout à l'heure : l'âme de Mercutio n'a fait que peu de chemin au-dessus de nos têtes, elle attend que la tienne vienne lui tenir compagnie. Il faut que toi ou moi, ou tous deux, nous allions le rejoindre.

Tybalt. – Misérable enfant, tu étais son camarade ici-bas : c'est toi qui partiras d'ici avec lui.

Roméo, *mettant l'épée à la main.* – Voici qui en décidera.

Ils se battent. Tybalt tombe.

Benvolio. – Fuis, Roméo, va-t'en ! Les citoyens sont sur pied, et Tybalt est tué... Ne reste pas là stupéfait. Le prince va te condamner à mort, si tu es pris... Hors d'ici ! va-t'en ! fuis !

Roméo. – Oh ! je suis le bouffon[25] de la fortune !

Benvolio. – Qu'attends-tu donc ?

Roméo s'enfuit.

Entre une foule de citoyens armés.

Premier Citoyen. – Par où s'est enfui celui qui a tué Mercutio ? Tybalt, ce meurtrier par où s'est-il enfui ?

Benvolio. – Ce Tybalt, le voici à terre !

Premier Citoyen. – Debout, monsieur, suivez-moi : je vous somme de m'obéir au nom du prince.

---

23. **Circonspecte indulgence :** indulgence dont il faut se méfier. Roméo, sur le point d'épouser Juliette, était prêt à se montrer bienveillant. Il le regrette.
24. **Reprends pour toi ce nom d'infâme :** le nom de fripouille te revient.
25. **Le bouffon :** le jouet.

Entrent le prince et sa suite, Montague, Capulet, lady Montague, lady Capulet et d'autres.

LE PRINCE. – Où sont les vils promoteurs de cette rixe[26] ?

BENVOLIO. – Ô noble prince, je puis te révéler toutes les circonstances douloureuses de cette fatale querelle.

Montrant le corps de Tybalt.

Voici l'homme qui a été tué par le jeune Roméo, après avoir tué ton parent, le jeune Mercutio.

LADY CAPULET, *se penchant sur le corps.* – Tybalt, mon neveu !... Oh ! l'enfant de mon frère ! Oh ! prince !... Oh ! mon neveu !... mon mari ! C'est le sang de notre cher parent qui a coulé !... Prince, si tu es juste, verse le sang des Montagues pour venger notre sang... Oh ! mon neveu ! mon neveu !

LE PRINCE. – Benvolio, qui a commencé cette rixe ?

BENVOLIO. – Tybalt, que vous voyez ici, tué de la main de Roméo. En vain Roméo lui parlait sagement, lui disait de réfléchir à la futilité de la querelle[27], et le mettait en garde contre votre auguste déplaisir[28]... Tout cela, dit d'une voix affable[29], d'un air calme, avec l'humilité d'un suppliant agenouillé, n'a pu faire trêve à la fureur indomptable de Tybalt, qui, sourd aux paroles de paix, a brandi la pointe de son épée contre la poitrine de l'intrépide Mercutio. Mercutio, tout aussi exalté, oppose le fer au fer dans ce duel à outrance ; avec un dédain martial[30], il écarte

---

26. **Promoteurs de cette rixe :** ceux qui ont commencé cette bagarre.
27. **La futilité de la querelle :** la querelle était dérisoire, sans importance.
28. **Votre auguste déplaisir :** votre colère princière.
29. **Affable :** aimable.
30. **Un dédain martial :** un mépris provocateur.

d'une main la froide mort et de l'autre la retourne contre Tybalt, dont la dextérité[31] la lui renvoie ; Roméo leur crie : *Arrêtez, amis ! amis, séparez-vous !* et, d'un geste plus rapide que sa parole, il abat les pointes fatales[32]. Au moment où il s'élance entre eux, passe sous son bras même une botte perfide[33] de Tybalt qui frappe mortellement le fougueux Mercutio. Tybalt s'enfuit alors, puis tout à coup revient sur Roméo, qui depuis un instant n'écoute plus que la vengeance. Leur lutte a été un éclair, car, avant que j'aie pu dégainer pour les séparer, le fougueux Tybalt était tué. En le voyant tomber, Roméo s'est enfui. Que Benvolio meure si telle n'est pas la vérité !

LADY CAPULET, *désignant Benvolio.* – Il est parent des Montagues ; l'affection le fait mentir, il ne dit pas la vérité ! Une vingtaine d'entre eux se sont ligués pour cette lutte criminelle, et il a fallu qu'ils fussent vingt pour tuer un seul homme ! Je demande justice, fais-nous justice, prince. Roméo a tué Tybalt ; Roméo ne doit plus vivre.

LE PRINCE. – Roméo a tué Tybalt, mais Tybalt a tué Mercutio : qui maintenant me payera le prix d'un sang si cher ?

MONTAGUE. – Ce ne doit pas être Roméo, prince, il était l'ami de Mercutio. Sa faute n'a fait que terminer ce que la loi eût tranché, la vie de Tybalt.

LE PRINCE. – Et, pour cette offense, nous l'exilons sur-le-champ. Je suis moi-même victime de vos haines ; mon

---

31. La dextérité : l'adresse.
32. Les pointes fatales : ses coups d'épée mortels.
33. Une botte perfide : une attaque sournoise.

sang coule pour vos brutales disputes ; mais je vous imposerai une si rude amende que vous vous repentirez tous du malheur dont je souffre. Je serai sourd aux plaidoyers et aux excuses ; ni larmes ni prières ne rachèteront les torts ; elles sont donc inutiles. Que Roméo se hâte de partir ; l'heure où on le trouverait ici serait pour lui la dernière. Qu'on emporte ce corps et qu'on défère[34] à notre volonté : la clémence[35] ne fait qu'assassiner en pardonnant à ceux qui tuent.

Gravure réalisée au XIXe siècle d'après le dessin de Ferdinand von Piloty pour illustrer la mort de Tybalt dans la scène 1 de l'acte III de *Roméo et Juliette*.

34. Qu'on défère : qu'on obéisse.
35. La clémence : le pardon.

Scène 2

L'appartement de Juliette.
Entre Juliette.

Juliette. – Retournez au galop, vous coursiers aux pieds de flamme[36], vers le logis de Phébus[37] ; déjà un cocher comme Phaéton[38] vous aurait lancés dans l'ouest et aurait ramené la nuit nébuleuse… Étends ton épais rideau, nuit vouée à l'amour, que les yeux de la rumeur se ferment[39] et que Roméo bondisse dans mes bras, ignoré, inaperçu ! Pour accomplir leurs amoureux devoirs, les amants y voient assez à la seule lueur de leur beauté ; et, si l'amour est aveugle, il s'accorde d'autant mieux avec la nuit… Viens, nuit solennelle, matrone[40] au sobre vêtement noir, pour enjeux deux virginités sans tache ; cache le sang hagard qui se débat dans mes joues, avec ton noir chaperon[41], jusqu'à ce que le timide amour, devenu plus hardi, ne voie plus que chasteté[42] dans l'acte de l'amour ! À moi, nuit ! Viens, Roméo, viens : tu feras le jour de la nuit, quand tu arriveras sur les ailes de la nuit, plus éclatant que la neige nouvelle sur le

36. Coursiers aux pieds de flamme : les chevaux conduits par le dieu Soleil. Ils tirent tous les jours le char de feu à travers le ciel, d'est en ouest.
37. Phébus : autre nom d'Apollon, dieu du Soleil (il est aussi dieu de la beauté et des arts). Le logis de Phébus se trouve à l'ouest (coucher du soleil). Juliette souhaite l'arrivée de la nuit.
38. Phaéton : fils du Soleil, il a conduit un jour le char de son père, contre sa volonté. Mais il n'a su guider les chevaux et a failli embraser l'univers. Zeus l'a foudroyé.
39. Que les yeux de la rumeur se ferment : que la nuit fasse taire toutes les rumeurs.
40. Matrone : femme d'allure imposante.
41. Chaperon : capuchon.
42. Chasteté : pureté.

John William Waterhouse (1849-1917), *Juliette*. Huile sur toile. Collection privée.

dos du corbeau. Viens, gentille nuit ; viens, chère nuit au front noir, donne-moi mon Roméo, et, quand il sera mort, prends-le et coupe-le en petites étoiles, et il rendra la face du ciel si splendide que tout l'univers sera amoureux de la nuit et refusera son culte à l'aveuglant soleil… Oh ! j'ai acheté un domaine d'amour, mais je n'en ai pas pris possession, et celui qui m'a acquise n'a pas encore joui de moi. Fastidieuse journée, lente comme la nuit l'est, à la veille d'une fête, pour l'impatiente enfant qui a une robe neuve et ne peut la mettre encore ! Oh ! voici ma nourrice…

Entre la nourrice, avec une échelle de corde.

JULIETTE. – Elle m'apporte des nouvelles ; chaque bouche qui me parle de Roméo, me parle une langue céleste… Eh bien, nourrice, quoi de nouveau ?… Qu'as-tu là ? l'échelle de corde que Roméo t'a dit d'apporter ?

LA NOURRICE. – Oui, oui, l'échelle de corde !

Elle laisse tomber l'échelle avec un geste de désespoir

JULIETTE. – Mon Dieu ! que se passe-t-il ? Pourquoi te tordre ainsi les mains ?

LA NOURRICE. – Ah ! miséricorde ! il est mort, il est mort, il est mort ! Nous sommes perdues, madame, nous sommes perdues ! Hélas ! quel jour ! C'est fait de lui, il est tué, il est mort !

JULIETTE. – Le Ciel a-t-il pu être aussi cruel ?

LA NOURRICE. – Roméo l'a pu, sinon le ciel… Ô Roméo ! Roméo ! Qui l'aurait jamais cru ? Roméo !

JULIETTE. – Quel démon es-tu pour me torturer ainsi ? C'est un supplice à faire rugir les damnés de l'horrible enfer. Est-ce que Roméo s'est tué ? Dis-moi oui seulement, et ce simple oui m'empoisonnera plus vite que le regard meurtrier du basilic[43]. Je cesse d'exister s'il me faut ouïr ce oui, et si tu peux répondre : oui, les yeux de Roméo sont fermés ! Est-il mort ? dis oui ou non, et qu'un seul mot décide de mon bonheur ou de ma misère !

La nourrice. – J'ai vu la blessure, je l'ai vue de mes yeux... Par la croix du Sauveur !... là, sur sa mâle poitrine... Un triste cadavre, un triste cadavre ensanglanté, pâle, pâle comme la cendre, tout couvert de sang, de sang caillé... À le voir, je me suis évanouie.

Juliette. – Oh ! renonce, mon cœur ; pauvre failli[44], fais banqueroute à cette vie[45] ! En prison, mes yeux ! Fermez-vous à la libre lumière ! Terre vile[46], retourne à la terre, cesse de te mouvoir, et, Roméo et toi, affaissez-vous dans le même tombeau.

La nourrice. – Ô Tybalt, Tybalt, le meilleur ami que j'eusse ! Ô courtois Tybalt ! honnête gentilhomme ! Faut-il que j'aie vécu pour te voir mourir !

Juliette. – Quel est cet ouragan dont les rafales se heurtent ? Roméo est-il tué et Tybalt est-il mort ? Mon cher cousin, et mon mari plus cher ! Alors, sonne la trompette terrible du dernier jugement ! Car qui donc est vivant, si ces deux-là ne sont plus ?

La nourrice. – Tybalt n'est plus, et Roméo est banni ! Roméo, qui l'a tué, est banni[47].

---

43. Basilic : serpent légendaire qui peut tuer d'un seul regard.
44. Failli : ruiné (en faillite).
45. Fais banqueroute à cette vie : casse le banc de la vie (de l'italien *banca rotta* : banc rompu), allusion à l'usage de casser le banc du banquier en faillite.
46. Terre vile : corps indigne.
47. Banni : expulsé de la ville, du territoire.

JULIETTE. – Ô mon Dieu ! Est-ce que la main de Roméo a versé le sang de Tybalt ?

LA NOURRICE. – Oui, oui, hélas ! oui.

JULIETTE. – Ô cœur reptile caché sous la beauté en fleur ! Jamais dragon occupa-t-il une caverne si splendide ! Gracieux tyran ! démon angélique ! corbeau aux plumes de colombe ! agneau ravisseur de loups ! méprisable substance d'une forme divine ! Juste l'opposé de ce que tu sembles être justement, saint damné, noble misérable ! Ô nature, à quoi réservais-tu l'enfer, quand tu reléguas[48] l'esprit d'un démon dans le paradis mortel d'un corps si exquis ? Jamais livre contenant aussi vile rhapsodie[49] fut-il si bien relié ? Oh ! que la perfidie habite un si magnifique palais !

LA NOURRICE. – Il n'y a plus à se fier aux hommes ; chez eux ni bonne foi, ni honneur, ce sont tous des parjures, tous des traîtres, tous des vauriens, tous des hypocrites... Ah ! où est mon valet ? Vite, qu'on me donne de l'eau-de-vie ! Ces chagrins, ces malheurs, ces peines me font vieillir. Honte à Roméo !

JULIETTE. – Que ta langue se couvre d'ampoules après un pareil souhait ! Il n'est pas né pour la honte, lui. La honte serait honteuse de siéger sur son front ; car c'est un trône où l'honneur devrait être couronné monarque absolu de l'univers. Oh ! quel monstre j'étais de l'outrager ainsi !

LA NOURRICE. – Pouvez-vous dire du bien de celui qui a tué votre cousin ?

---

48. Tu reléguas : tu enfermas.
49. Rhapsodie : poème (dans l'Antiquité grecque).

JULIETTE. – Dois-je dire du mal de celui qui est mon mari ? Ah ! mon pauvre seigneur, quelle est la langue qui caressera ta renommée, quand moi, ton épousée depuis trois heures, je la déchire ? Mais pourquoi, méchant, as-tu tué mon cousin ? C'est que, sans cela, ce méchant cousin aurait tué mon Roméo ! Arrière, larmes folles, retournez à votre source naturelle : il n'appartient qu'à la douleur, ce tribut[50] que par méprise vous offrez à la joie. Mon mari, que Tybalt voulait tuer, est vivant ; et Tybalt, qui voulait tuer mon mari, est mort. Tout cela est heureux : pourquoi donc pleurer ?... Ah ! il y a un mot, plus terrible que la mort de Tybalt, qui m'a assassinée ! je voudrais bien l'oublier, mais hélas ! il pèse sur ma mémoire, comme une faute damnable sur l'âme du pécheur. *Tybalt est mort et Roméo est... banni*. Banni ! ce seul mot banni a tué pour moi dix mille Tybalt. Que Tybalt mourût, c'était un malheur suffisant, se fût-il arrêté là. Si même le malheur inexorable ne se plaît qu'en compagnie, s'il a besoin d'être escorté par d'autres catastrophes, pourquoi, après m'avoir dit : Tybalt est mort, n'a-t-elle pas ajouté : *Ton père aussi, ou ta mère aussi, ou même ton père et ta mère aussi ?* Cela m'aurait causé de tolérables angoisses. Mais, à la suite de la mort de Tybalt, faire surgir cette arrière-garde : *Roméo est banni*, prononcer seulement ces mots, c'est tuer, c'est faire mourir à la fois père, mère, Tybalt, Roméo et Juliette ! *Roméo est banni !* Il n'y a ni fin, ni limite, ni mesure, ni borne à ce mot meurtrier ! Il n'y a pas de cri pour rendre

50. Tribut : somme à payer.
Les larmes sont le prix à payer quand on vit un événement malheureux.

cette douleur-là. Mon père et ma mère, où sont-ils, nourrice ?

LA NOURRICE. – Ils pleurent et sanglotent sur le corps de Tybalt. Voulez-vous aller près d'eux ? Je vous y conduirai.

JULIETTE. – Ils lavent ses blessures de leurs larmes ? Les miennes, je les réserve, quand les leurs seront séchées, pour le bannissement de Roméo. Ramasse ces cordes... Pauvre échelle, te voilà déçue comme moi, car Roméo est exilé : il avait fait de toi un chemin jusqu'à mon lit ; mais, restée vierge, il faut que je meure dans un virginal veuvage. À moi, cordes ! à moi, nourrice ! je vais au lit nuptial, et, au lieu de Roméo, c'est le sépulcre[51] qui prendra ma virginité.

LA NOURRICE. – Courez à votre chambre ; je vais trouver Roméo pour qu'il vous console... Je sais bien où il est... Entendez-vous, votre Roméo, sera ici cette nuit ; je vais à lui ; il est caché dans la cellule de Laurence.

JULIETTE, *détachant une bague de son doigt.* – Oh ! trouve-le ! Remets cet anneau à mon fidèle chevalier, et dis-lui de venir me faire ses derniers adieux.

---

51. Sépulcre : tombeau.

ACTE III

Scène 3

La cellule de frère Laurence.
Entre frère Laurence, puis Roméo. Le jour baisse.

LAURENCE. – Viens, Roméo ; viens, homme sinistre[52] ; l'affliction s'est énamourée de ta personne[53], et tu es fiancé à la calamité.

ROMÉO. – Quoi de nouveau, mon père ? Quel est l'arrêt[54] du prince ? Quel est le malheur inconnu qui sollicite accès près de moi ?

LAURENCE. – Tu n'es que trop familier avec cette triste société, mon cher fils. Je viens t'apprendre l'arrêt du prince.

ROMÉO. – Quel arrêt, plus doux qu'un arrêt de mort, a-t-il pu prononcer ?

LAURENCE. – Un jugement moins rigoureux a échappé à ses lèvres : il a décidé, non la mort, mais le bannissement du corps.

ROMÉO. – Ah ! le bannissement ! Par pitié, dis la mort ! L'exil a l'aspect plus terrible, bien plus terrible que la mort. Ne dis pas le bannissement !

LAURENCE. – Tu es désormais banni de Vérone. Prends courage ; le monde est grand et vaste.

ROMÉO. – Hors des murs de Vérone, le monde n'existe pas ; il n'y a que purgatoire, torture, enfer même. Être banni d'ici,

---

52. Sinistre : annonciateur de malheur.
53. L'affliction s'est énamourée de ta personne : la douleur est tombée amoureuse de toi.
54. L'arrêt : la décision.

c'est être banni du monde, et cet exil-là, c'est la mort. Donc le bannissement, c'est la mort sous un faux nom. En appelant la mort bannissement, tu me tranches la tête avec une hache d'or, et tu souris au coup qui me tue !

LAURENCE. – Ô péché mortel ! Ô grossière ingratitude ! Selon notre loi, ta faute, c'était la mort ; mais le bon prince, prenant ton parti, a tordu la loi, et à ce mot sombre, la mort, a substitué[55] le bannissement. C'est une grâce insigne[56], et tu ne le vois pas.

ROMÉO. – C'est une torture, et non une grâce ! Le ciel est là où vit Juliette : un chat, un chien, une petite souris, l'être le plus immonde, vivent dans le paradis[57] et peuvent la contempler, mais Roméo ne le peut pas. La mouche du charnier[58] est plus privilégiée, plus comblée d'honneur, plus favorisée que Roméo ; elle peut saisir les blanches merveilles de la chère main de Juliette, et dérober une immortelle béatitude[59] sur ces lèvres qui, dans leur pure et vestale[60] modestie, rougissent sans cesse, comme d'un péché, du baiser qu'elles se donnent[61] ! Mais Roméo ne le peut pas, il est exilé. Ce bonheur que la mouche peut avoir, je dois le fuir, moi ; elle est libre, mais je suis banni. Et tu dis que l'exil n'est pas la mort ! Tu n'avais donc pas un poison subtil, un couteau bien affilé, un instrument quelconque de mort subite, tu n'avais donc, pour me

---

55. Substitué : mis à la place.
56. Une grâce insigne : une décision d'une indulgence remarquable.
57. Vivent dans le paradis : car ils peuvent voir Juliette.
58. Charnier : fosse emplie de cadavres.
59. Béatitude : bonheur, joie (de goûter les lèvres de Juliette).
60. Vestale : chaste (de Vesta, déesse du foyer ; les vestales ou prêtresses de Vesta étaient contraintes à la virginité).
61. Du baiser qu'elles se donnent : les lèvres se joignent comme si elles s'embrassaient.

tuer, que ce mot : banni !... banni ! Ce mot-là, mon père, les damnés de l'enfer l'emploient et le prononcent dans des hurlements ! Comment as-tu le cœur, toi, prêtre, toi, confesseur spirituel, toi qui remets les péchés[62] et t'avoues mon ami, de me broyer avec ce mot : *bannissement ?*

LAURENCE. – Fou d'amour, laisse-moi te dire une parole.

ROMÉO. – Oh ! tu vas encore me parler de bannissement.

LAURENCE. – Je vais te donner une armure à l'épreuve de ce mot. La philosophie, ce doux lait de l'adversité[63], te soutiendra dans ton bannissement.

ROMÉO. – Encore le bannissement !... Au gibet[64] la philosophie ! Si la philosophie ne peut pas faire une Juliette, déplacer une ville, renverser l'arrêt[65] d'un prince, elle ne sert à rien, elle n'est bonne a rien, ne m'en parle plus !

LAURENCE. – Oh ! je le vois bien, les fous n'ont pas d'oreilles !

ROMÉO. – Comment en auraient-ils, quand les sages n'ont pas d'yeux !

LAURENCE. – Laisse-moi discuter avec toi sur ta situation.

ROMÉO. – Tu ne peux pas parler de ce que tu ne sens pas. Si tu étais jeune comme moi et que Juliette fût ta bien-aimée, si, marié depuis une heure, tu avais tué Tybalt, si, tu étais éperdu[66] comme moi et comme moi banni, alors tu pourrais parler, alors tu pourrais t'arracher les cheveux, et te jeter contre terre, comme je fais en ce moment, pour y prendre d'avance la mesure d'une tombe !

---

62. Remets les péchés : fais disparaître les péchés.
63. Lait de l'adversité : lait qui guérit du malheur.
64. Au gibet ! : à mort ! Le gibet est la machine servant au supplice de la pendaison.
65. L'arrêt : la décision.
66. Éperdu : fou d'amour.

Il s'affaisse à terre. On frappe à la porte.

LAURENCE. – Lève-toi, on frappe… Bon Roméo, cache-toi.

ROMÉO. – Je ne me cacherai pas ; à moins que mes douloureux soupirs ne fassent autour de moi un nuage qui me dérobe[67] aux regards !

On frappe encore.

LAURENCE. – Entends-tu comme on frappe ?… Qui est là ?… Roméo, lève-toi, tu vas être pris… Attendez un moment… Debout ! Cours à mon laboratoire[68] !…

On frappe.

Tout à l'heure !… Mon Dieu ! quelle démence !…

On frappe.

J'y vais, j'y vais !

Allant à la porte.

Qui donc frappe si fort ? D'où venez-vous ? que voulez-vous ?

LA NOURRICE, *du dehors.* – Laissez-moi entrer et vous connaîtrez mon message. Je viens de la part de madame Juliette.

LAURENCE, *ouvrant.* – Soyez la bienvenue, alors.

Entre la nourrice.

LA NOURRICE. – Ô saint moine, oh ! dites-moi, saint moine, où est le seigneur de madame, où est Roméo ?

LAURENCE. – Là, par terre, ivre de ses propres larmes.

LA NOURRICE. – Oh ! dans le même état que ma maîtresse, juste dans le même état.

LAURENCE. – Ô triste sympathie ! lamentable situation !

---

67. Dérobe : cache.
68. Mon laboratoire : ma cellule.

LA NOURRICE. – C'est ainsi qu'elle est affaissée, sanglotant et pleurant, pleurant et sanglotant…

Se penchant sur Roméo.

Debout, debout. Levez-vous, si vous êtes un homme. Au nom de Juliette, au nom de Juliette, levez-vous, debout ! Pourquoi tomber dans un si profond désespoir ?

ROMÉO, *se redressant comme en sursaut.* – La nourrice !

LA NOURRICE. – Ah ! monsieur ! ah ! monsieur !… Voyons, la mort est au bout de tout.

ROMÉO. – Tu as parlé de Juliette ! en quel état est-elle ? Est-ce qu'elle ne me regarde pas comme un assassin endurci, maintenant que j'ai souillé l'enfance de notre bonheur[69] d'un sang si proche du sien ? Où est-elle ? et comment est-elle ? Que dit ma mystérieuse compagne de notre amoureuse misère ?

LA NOURRICE. – Oh ! elle ne dit rien, monsieur ; mais elle pleure, elle pleure ; et alors elle se jette sur son lit, et puis elle se redresse, et appelle Tybalt ; et puis elle crie : Roméo ! et puis elle retombe.

ROMÉO. – Il semble que ce nom, lancé par quelque fusil meurtrier, l'assassine, comme la main maudite qui répond à ce nom a assassiné son cousin !… Oh ! dis-moi, prêtre, dis-moi dans quelle vile partie de ce squelette est logé mon nom ; dis-le moi, pour que je mette à sac ce hideux repaire !

Il tire son poignard comme pour s'en frapper, la nourrice le lui arrache.

---

69. L'enfance de notre bonheur : notre bonheur naissant.

Laurence. – Retiens ta main désespérée ! Es-tu un homme ? ta forme[70] crie que tu en es un ; mais tes larmes sont d'une femme, et ta sauvage action dénonce la furie déraisonnable d'une bête brute. Ô femme disgracieuse qu'on croirait un homme, bête monstrueuse qu'on croirait homme et femme, tu m'as étonné !... Par notre saint ordre[71], je croyais ton caractère mieux trempé. Tu as tué Tybalt et tu veux te tuer ! tu veux tuer la femme qui ne respire que par toi, en assouvissant sur toi-même une haine damnée ! Pourquoi insultes-tu à la vie, au ciel et à la terre ? La vie, le ciel et la terre se sont tous trois réunis pour ton existence ; et tu veux renoncer à tous trois ! Fi ! fi ! tu fais honte à ta beauté, à ton amour, à ton esprit. Usurier[72], tu regorges de tous les biens, et tu ne les emploies pas à ce légitime usage qui ferait honneur à ta beauté, à ton amour, à ton esprit. Ta noble beauté n'est qu'une image de cire, dépourvue d'énergie virile : ton amour, ce tendre engagement, n'est qu'un misérable parjure[73], qui tue celle que tu avais fait vœu de chérir ; ton esprit, cet ornement de la beauté et de l'amour, n'en est chez toi que le guide égaré : comme la poudre dans la calebasse[74] d'un soldat maladroit, il prend feu par ta propre ignorance et te mutile au lieu de te défendre. Allons, relève-toi, l'homme ! Elle vit, ta Juliette, cette chère Juliette pour qui tu mourais tout à l'heure : n'es-tu pas

---

70. Ta forme : ton corps.
71. Par notre saint ordre : Laurent appartient à l'ordre des franciscains.
72. Usurier : ici, qui prête son argent plutôt que d'en profiter.
73. Parjure : serment non tenu.
74. Calebasse : sac en forme de poire.

heureux ? Tybalt voulait t'égorger, mais tu as tué Tybalt : n'es-tu pas heureux encore ? La loi qui te menaçait de la mort devient ton amie et change la sentence en exil : n'es-tu pas heureux toujours ? Les bénédictions pleuvent sur ta tête ; la fortune te courtise sous ses plus beaux atours ; mais toi, maussade comme une fille mal élevée, tu fais la moue au bonheur et à l'amour. Prends garde, prends garde, c'est ainsi qu'on meurt misérable. Allons, rends-toi près de ta bien-aimée, comme il a été convenu ; monte dans sa chambre et va la consoler ; mais surtout quitte-la avant la fin de la nuit, car alors tu ne pourrais plus gagner Mantoue ; et c'est là que tu dois vivre jusqu'à ce que nous trouvions le moment favorable pour proclamer ton mariage, réconcilier vos familles, obtenir le pardon du prince et te rappeler ici. Tu reviendras alors plus heureux un million de fois que tu n'auras été désolé au départ... Va en avant, nourrice, recommande-moi à ta maîtresse, et dis-lui de faire coucher son monde de bonne heure ; le chagrin dont tous sont accablés les disposera vite au repos... Roméo te suit.

LA NOURRICE. – Vrai Dieu ! je pourrais rester ici toute la nuit à écouter vos bons conseils. Oh ! ce que c'est que la science[75] !

À Roméo.

Mon seigneur, je vais annoncer à madame que vous allez venir.

ROMÉO. – Va, et dis à ma bien-aimée de s'apprêter à me gronder.

---

75. La science : l'habileté.

LA NOURRICE, *lui remettant une bague.* – Voici, monsieur, un anneau qu'elle m'a dit de vous donner. Monsieur, accourez vite, dépêchez-vous, car il se fait tard.

La nourrice sort.

ROMÉO, *mettant la bague.* – Comme ceci ranime mon courage !

LAURENCE. – Partez. Bonne nuit. Mais faites-y attention, tout votre sort en dépend ; quittez Vérone avant la fin de la nuit, ou éloignez-vous à la pointe du jour sous un déguisement. Restez à Mantoue ; votre valet, que je saurai trouver, vous instruira de temps à autre des incidents heureux pour vous qui surviendront ici... Donne-moi ta main ; il est tard : adieu ; bonne nuit.

ROMÉO. – Si une joie au-dessus de toute joie ne m'appelait ailleurs, j'aurais un vif chagrin à me séparer de toi si vite. Adieu.

Ils sortent.

ACTE III

Scène 4

Dans la maison de Capulet.
Entrent Capulet, lady Capulet et Pâris.

CAPULET. – Les choses ont tourné si malheureusement, messire, que nous n'avons pas eu le temps de disposer[76] notre fille. C'est que, voyez-vous, elle aimait chèrement son cousin Tybalt, et moi aussi... Mais quoi ! nous sommes nés pour mourir. Il est très-tard ; elle ne descendra pas ce soir. Je vous promets que, sans votre compagnie, je serais au lit depuis une heure.

PÂRIS. – Quand la mort parle, ce n'est pas pour l'amour le moment de parler. Madame, bonne nuit : présentez mes hommages à votre fille.

LADY CAPULET. – Oui, messire, et demain de bonne heure je connaîtrai sa pensée. Ce soir elle est cloîtrée dans sa douleur.

CAPULET. – Sire Pâris, je puis hardiment vous offrir l'amour de ma fille ; je pense qu'elle se laissera diriger par moi en toutes choses ; bien plus, je n'en doute pas... Femme, allez la voir avant d'aller au lit ; apprenez-lui l'amour de mon fils Pâris[77], et dites-lui, écoutez bien, que mercredi prochain... Mais doucement ! Quel jour est-ce ?

PARIS. – Lundi, monseigneur.

---

76. Disposer : préparer à la nouvelle du mariage.
77. Mon fils Pâris : Capulet considère son futur gendre comme son fils.

CAPULET. – Lundi ? hé ! hé ! alors, mercredi est trop tôt. Ce sera pour jeudi... dites-lui que jeudi elle sera mariée à ce noble comte. Serez-vous prêt ? Cette hâte vous convient-elle ? Nous ne ferons pas grand fracas[78] : un ami ou deux ! Car, voyez-vous, le meurtre de Tybalt étant si récent, on pourrait croire que nous nous soucions fort peu de notre parent, si nous faisions de grandes réjouissances. Conséquemment, nous aurons une demi-douzaine d'amis, et ce sera tout. Mais que dites-vous de jeudi ?

PÂRIS. – Monseigneur, je voudrais que jeudi fût demain.

CAPULET. – Bon ; vous pouvez partir... Ce sera pour jeudi, alors. Vous, femme, allez voir Juliette avant d'aller au lit, et préparez-la pour la noce... Adieu, messire... De la lumière dans ma chambre, holà ! Ma foi, il est déjà si tard qu'avant peu il sera de bonne heure... Bonne nuit.

Ils sortent.

78. Fracas : grand bruit.

ACTE III

Scène 5

La chambre à coucher de Juliette.
Entrent Roméo et Juliette.

JULIETTE. – Veux-tu donc partir ? le jour n'est pas proche encore : c'était le rossignol et non l'alouette[79] dont la voix perçait ton oreille craintive. Toutes les nuits il chante sur le grenadier, là-bas. Crois-moi, amour, c'était le rossignol.

ROMÉO. – C'était l'alouette, la messagère du matin, et non le rossignol. Regarde, amour, ces lueurs jalouses[80] qui dentellent le bord des nuages à l'orient[81] ! Les flambeaux de la nuit sont éteints, et le jour joyeux se dresse sur la pointe du pied au sommet brumeux de la montagne. Je dois partir et vivre, ou rester et mourir.

JULIETTE. – Cette clarté là-bas n'est pas la clarté du jour, je le sais bien, moi ; c'est quelque météore que le soleil exhale[82] pour te servir de torche cette nuit et éclairer ta marche vers Mantoue. Reste donc, tu n'as pas besoin de partir encore.

ROMÉO. – Soit ! qu'on me prenne, qu'on me mette à mort ; je suis content, si tu le veux ainsi. Non, cette lueur grise n'est pas le regard du matin, elle n'est que le pâle reflet du front de Cynthia[83] ; et ce n'est pas l'alouette qui frappe

---

79. Le rossignol et non l'alouette : le rossignol est un oiseau qui chante la nuit, tandis que l'alouette chante au lever du soleil.
80. Ces lueurs jalouses : les premiers rayons du soleil.
81. À l'orient : à l'est.
82. Exhale : laisse échapper.
83. Cynthia : nom donné à Artémis, déesse de la Lune, dans la mythologie grecque.

de notes si hautes la voûte du ciel au-dessus de nos têtes. J'ai plus le désir de rester que la volonté de partir. Vienne la mort, et elle sera bienvenue !... Ainsi le veut Juliette... Comment êtes-vous, mon âme ? Causons, il n'est pas jour.

JULIETTE. – C'est le jour, c'est le jour ! Fuis-vite, va-t'en, pars : C'est l'alouette qui détonne ainsi, et qui lance ces notes rauques, ces strettes[84] déplaisantes. On dit que l'alouette prolonge si doucement les accords ; cela n'est pas, car elle rompt le nôtre. On dit que l'alouette et le hideux crapaud ont changé d'yeux[85] : oh ! que n'ont-ils aussi changé de voix, puisque cette voix nous arrache effarés l'un à l'autre et te chasse d'ici par son hourvari[86] matinal ! Oh ! maintenant pars. Le jour est de plus en plus clair.

ROMÉO. – De plus en plus clair ?... De plus en plus sombre est notre malheur.

Entre la nourrice.

LA NOURRICE. – Madame !

JULIETTE. – Nourrice ?

LA NOURRICE. – Madame votre mère va venir dans votre chambre. Le jour paraît ; soyez prudente, faites attention.

La nourrice sort.

JULIETTE. – Allons, fenêtre, laissez entrer le jour et sortir ma vie.

ROMÉO. – Adieu, adieu ! un baiser, et je descends.

Ils s'embrassent. Roméo descend.

---

84. Strettes : terme musical désignant des passages rapides.
85. Ont changé d'yeux : selon une croyance populaire, l'alouette aurait pris les yeux du crapaud qui étaient plus beaux que les siens.
86. Hourvari : vacarme.

JULIETTE, *se penchant sur le balcon.* – Te voilà donc parti ? amour, seigneur, époux, ami ! Il me faudra de tes nouvelles à chaque heure du jour, car il y a tant de jours dans une minute ! Oh ! à ce compte-là, je serai bien vieille, quand je reverrai mon Roméo.

ROMÉO. – Adieu ! je ne perdrai pas une occasion, mon amour, de t'envoyer un souvenir.

JULIETTE. – Oh ! crois-tu que nous nous rejoindrons jamais ?

ROMÉO. – Je n'en doute pas : et toutes ces douleurs feront le doux entretien[87] de nos moments à venir.

JULIETTE. – Ô Dieu ! j'ai dans l'âme un présage fatal. Maintenant que tu es en bas, tu m'apparais comme un mort au fond d'une tombe. Ou mes yeux me trompent, ou tu es bien pâle.

ROMÉO. – Crois-moi, amour, tu me sembles bien pâle aussi. L'angoisse aride boit notre sang. Adieu ! adieu !

Roméo sort.

JULIETTE. – Ô fortune[88] ! fortune ! tout le monde te dit. capricieuse ! Si tu es capricieuse, qu'as-tu à faire avec un homme d'aussi illustre constance[89] ? Fortune, sois capricieuse, car alors tu ne le retiendras pas longtemps, j'espère, et tu me le renverras.

LADY CAPULET, *du dehors.* – Holà ! ma fille ! êtes-vous levée ?

JULIETTE. – Qui m'appelle ? est-ce madame ma mère ? Se serait-elle couchée si tard ou levée si tôt ? Quel étrange motif l'amène ?

---

87. Le doux entretien : les douces conversations.
88. Fortune : destinée.
89. D'aussi illustre constance : aussi renommé pour sa fidélité.

Entre lady Capulet.

LADY CAPULET. – Eh bien, comment êtes-vous, Juliette ?

JULIETTE. – Je ne suis pas bien, madame.

LADY CAPULET. – Toujours à pleurer la mort de votre cousin ?... Prétends-tu donc le laver de la poussière funèbre avec tes larmes ? Quand tu y parviendrais, tu ne pourrais pas le faire revivre. Cesse donc : un chagrin raisonnable prouve l'affection ; mais un chagrin excessif prouve toujours un manque de sagesse.

JULIETTE. – Laissez-moi pleurer encore une perte aussi sensible.

LADY CAPULET. – Vous ne sentirez que plus vivement cette perte, sans sentir plus près de vous l'ami que vous pleurez[90].

JULIETTE. – Je sens si vivement la perte de cet ami, que je ne puis m'empêcher de le pleurer toujours.

LADY CAPULET. – Va, ma fille, ce qui te fait pleurer, c'est moins de le savoir mort que de savoir vivant l'infâme qui l'a tué.

JULIETTE. – Quel infâme, madame ?

LADY CAPULET. – Eh bien ! cet infâme, Roméo !

JULIETTE. – Entre un infâme et lui il y a bien des milles de distance. Que Dieu lui pardonne ! Moi, je lui pardonne de tout mon cœur ; et pourtant nul homme ne navre[91] mon cœur autant que lui.

LADY CAPULET. – Parce qu'il vit, le traître !

---

90. Vous ne sentirez [...] que vous pleurez : c'est la perte de l'ami et non l'ami que vous pleurez.
91. Navre : chagrine.

JULIETTE. – Oui, madame, et trop loin de mes bras. Que ne suis-je seule chargée de venger mon cousin !

LADY CAPULET. – Nous obtiendrons vengeance, sois-en sûre. Ainsi ne pleure plus. Je ferai prévenir quelqu'un à Mantoue, où vit maintenant ce vagabond banni : on lui donnera une potion insolite[92] qui l'enverra vite tenir compagnie à Tybalt, et alors j'espère que tu seras satisfaite.

JULIETTE. – Je ne serai vraiment satisfaite que quand je verrai Roméo... supplicié, torturé est mon pauvre cœur, depuis qu'un tel parent m'est enlevé. Madame, trouvez seulement un homme pour porter le poison ; moi, je le préparerai, et si bien qu'après l'avoir pris, Roméo dormira vite en paix. Oh ! quelle horrible souffrance pour mon cœur de l'entendre nommer, sans pouvoir aller jusqu'à lui, pour assouvir l'amour que je portais à mon cousin sur le corps de son meurtrier !

LADY CAPULET. – Trouve les moyens, toi ; moi, je trouverai l'homme. Maintenant, fille, j'ai à te dire de joyeuses nouvelles.

JULIETTE. – La joie est la bienvenue quand elle est si nécessaire : quelles sont ces nouvelles ? j'adjure[93] votre Grâce.

LADY CAPULET. – Va, va, mon enfant, tu as un excellent père : pour te tirer de ton accablement, il a improvisé une journée de fête à laquelle tu ne t'attends pas et que je n'espérais guère.

JULIETTE. – Quel sera cet heureux jour, madame ?

---

92. Une potion insolite : une boisson empoisonnée.
93. J'adjure : je supplie.

LADY CAPULET. – Eh bien, mon enfant, jeudi prochain, de bon matin, un galant, jeune et noble gentilhomme, le comte Pâris, te mènera à l'église Saint-Pierre, et aura le bonheur de faire de toi sa joyeuse épouse.

JULIETTE. – Ah ! par l'église de Saint-Pierre et par saint Pierre lui-même, il ne fera pas de moi sa joyeuse épouse. Je m'étonne de tant de hâte : ordonner ma noce, avant que celui qui doit être mon mari m'ait fait sa cour ! Je vous en prie ; madame, dites à mon seigneur et père que je ne veux pas me marier encore. Si jamais je me marie, je le jure, ce sera plutôt à ce Roméo que vous savez haï de moi, qu'au comte Pâris. Voilà des nouvelles, en vérité.

LADY CAPULET. – Voici votre père qui vient ; faites-lui vous-même votre réponse, et nous verrons comment il la prendra.

Entrent Capulet et la nourrice.

CAPULET, *regardant Juliette qui sanglote.* – Quand le soleil disparaît, la terre distille la rosée ; mais, après la disparition du radieux fils de mon frère, il pleut tout de bon. Eh bien ! es-tu devenue gouttière, fillette ? Quoi, toujours des larmes ! toujours des averses ! Dans ta petite personne tu figures à la fois la barque, la mer et le vent ; tes yeux, que je puis comparer à la mer, ont sans cesse un flux et un reflux de larmes ; ton corps est la barque qui flotte au gré de cette onde salée, et tes soupirs sont les vents qui, luttant de furie avec tes larmes, finiront, si un calme subit ne survient, par faire sombrer ton corps dans la tempête… Eh bien, femme, lui avez-vous signifié notre décision ?

Lady Capulet. – Oui, messire ; mais elle refuse ; elle vous remercie. La folle ! je voudrais qu'elle fût mariée à son linceul[94] !...

Capulet. – Doucement, je n'y suis pas, je n'y suis pas, femme. Comment ! elle refuse ! elle nous remercie ! et elle n'est pas fière, elle ne s'estime pas bien heureuse, tout indigne qu'elle est, d'avoir, par notre entremise, obtenu pour mari un si digne gentilhomme !

Juliette. – Je ne suis pas fière, mais reconnaissante ; fière, je ne puis l'être de ce que je hais comme un mal. Mais je suis reconnaissante du mal même qui m'est fait par amour.

Capulet. – Eh bien, eh bien, raisonneuse, qu'est-ce que cela signifie ? Je vous remercie et je ne vous remercie pas... Je suis fière et je ne suis pas fière !... Mignonne donzelle, dispensez-moi de vos remerciements et de vos fiertés, et préparez vos fines jambes pour vous rendre jeudi prochain à l'église Saint-Pierre en compagnie de Pâris ; ou je t'y traînerai sur la claie[95], moi ! Ah ! livide carogne ! ah ! bagasse ! Ah ! face de suif[96] !

Lady Capulet. – Fi, fi ! perdez-vous le sens[97] ?

Juliette, *s'agenouillant.* – Cher père, je vous en supplie à genoux, ayez la patience de m'écouter ! rien qu'un mot !

Capulet. – Au diable, petite bagasse[98] ! misérable révol-

---

94. Linceul : drap dans lequel on enveloppe le corps du défunt. Lady Capulet souhaite que sa fille soit mariée à son tombeau.
95. Claie : grille en bois sur laquelle on attachait un condamné pour l'emmener au supplice.
96. Livide carogne, bagasse, face de suif : insultes.
97. Le sens : la raison.
98. Petite bagasse : petite saleté.

tée ! Tu m'entends, rends-toi à l'église jeudi, ou évite de me rencontrer jamais face à face : ne parle pas, ne réplique pas, ne me réponds pas ; mes doigts me démangent... Femme, nous croyions notre union pauvrement bénie, parce que Dieu ne nous avait prêté que cette unique enfant ; mais, je le vois maintenant, cette enfant unique était déjà de trop, et nous avons été maudits en l'ayant. Arrière, éhontée !

LA NOURRICE. – Que le Dieu du ciel la bénisse ! Vous avez tort, monseigneur, de la traiter ainsi.

CAPULET. – Et pourquoi donc, dame Sagesse ?... Retenez votre langue, maîtresse Prudence, et allez bavarder avec vos commères[99].

LA NOURRICE. – Ce que je dis n'est pas un crime.

CAPULET. – Au nom du ciel, bonsoir !

LA NOURRICE. – Peut-on pas dire un mot ?

CAPULET. – Paix, stupide radoteuse ! Allez émettre vos sentences sur le bol d'une commère[100], car ici nous n'en avons pas besoin.

LADY CAPULET. – Vous êtes trop brusque.

CAPULET. – Jour de Dieu ! j'en deviendrai fou. Le jour, la nuit, à tout heure, à toute minute, à tout moment, que je fusse occupé ou non, seul ou en compagnie, mon unique souci a été de la marier ; enfin je trouve un gentilhomme de noble lignée, ayant de beaux domaines, jeune, d'une noble éducation, pétri, comme on dit, d'honorables qualités, un homme aussi accompli qu'un cœur peut le

---

99. Commères : femmes bavardes.
100. Sur le bol d'une commère : en buvant un verre chez une commère.

souhaiter, et il faut qu'une petite sotte pleurnicheuse, une poupée gémissante, quand on lui offre sa fortune, réponde : Je ne veux pas me marier, je ne puis aimer, je suis trop jeune, je vous prie de me pardonner ! Ah ! si vous ne vous mariez pas, vous verrez comme je vous pardonne ; allez paître où vous voudrez, vous ne logerez plus avec moi. Faites-y attention, songez-y, je n'ai pas coutume de plaisanter. Jeudi approche ; mettez la main sur votre cœur, et réfléchissez. Si vous êtes ma fille, je vous donnerai à mon ami ; si tu ne l'es plus, va au diable, mendie, meurs de faim dans les rues. Car sur mon âme, jamais je ne te reconnaîtrai, et jamais rien de ce qui est à moi ne sera ton bien. Compte là-dessus, réfléchis, je tiendrai parole.

Il sort.

JULIETTE. – N'y a-t-il pas de pitié, planant dans les nuages, qui voie au fond de ma douleur ? Ô ma mère bien-aimée, ne me rejetez pas, ajournez[101] ce mariage d'un mois, d'une semaine ! Sinon, dressez le lit nuptial dans le sombre monument où Tybalt repose !

LADY CAPULET. – Ne me parle plus, car je n'ai rien à te dire ; fais ce que tu voudras, car entre toi et moi tout est fini.

Elle sort.

JULIETTE. – Ô mon Dieu !... Nourrice, comment empêcher cela ? Mon mari est encore sur la terre, et ma foi est au ciel : comment donc ma foi peut-elle redescendre ici-bas, tant que mon mari ne me l'aura pas renvoyée du ciel en

101. Ajournez : reportez.

quittant la terre[102] ?... Console-moi, console-moi ! Hélas ! hélas ! se peut-il que le ciel tende de pareils pièges à une créature aussi frêle que moi ! Que dis-tu ? n'as-tu pas un mot qui me soulage ! Console-moi, nourrice.

LA NOURRICE. – Ma foi, écoutez : Roméo est banni ; je gage[103] le monde entier contre néant qu'il n'osera jamais venir vous réclamer ; s'il le fait, il faudra que ce soit à la dérobée. Donc, puisque tel est le cas, mon avis, c'est que vous épousiez le comte. Oh ! c'est un si aimable gentilhomme ! Roméo n'est qu'un torchon près de lui !... Un aigle, madame, n'a pas l'œil aussi vert, aussi vif, aussi brillant que Pâris. Maudit soit mon cœur, si je ne vous trouve pas bien heureuse de ce second mariage ! il vaut bien mieux que votre premier. Au surplus, votre premier est mort, ou autant vaudrait qu'il le fût, que de vivre sans vous être bon à rien.

JULIETTE. – Parles-tu du fond de ton cœur ?

LA NOURRICE. – Et du fond de mon âme ; sinon, malédiction à tous deux !

JULIETTE. – Amen !

LA NOURRICE. – Quoi ?

JULIETTE. – Ah ! tu m'as merveilleusement consolée. Va dire à madame qu'ayant déplu à mon père, je suis allée à la cellule de Laurence, pour me confesser et recevoir l'absolution[104].

---

102. Mon mari [...] en quittant la terre : Juliette a juré fidélité à Roméo devenu son mari. Il faudrait que Roméo meure (aille au ciel et rende à Juliette sa parole) si elle devait se remarier sans être bigame.

103. Je gage : je parie.

104. Absolution : pardon accordé par le prêtre après la confession.

La nourrice. – Oui, certes, j'y vais. Vous faites sagement.

Elle sort.

Juliette, *regardant s'éloigner la nourrice.* – Ô vieille. damnée ! abominable démon ! Je ne sais quel est ton plus grand crime, ou de souhaiter que je me parjure[105], ou de ravaler mon seigneur[106] de cette même bouche qui l'a exalté[107] au-dessus de toute comparaison tant de milliers de fois... Va-t'en conseillère ; entre toi et mon cœur il y a désormais rupture. Je vais trouver le religieux pour lui demander un remède ; à défaut de tout autre, j'ai la ressource de mourir.

Elle sort.

Eleanor Fortescue-Brickdale (1871-1945), *One kiss, and I'll descend*, 1927.

105. Que je me parjure : que je ne tienne pas mes engagements.
106. Ravaler mon seigneur : rabaisser mon bien-aimé.
107. Qui l'a exalté : qui en a fait l'éloge.

CARNET DE LECTURE

QUESTIONS SUR L'ACTE III

AI-JE BIEN LU ?

1 Vrai ou faux ? Coche la bonne réponse.
Quand la proposition est fausse, rectifie-la.

	VRAI	FAUX
a. Mercutio a tué Tybalt. C'est R.	☐	☒
b. Frère Laurence est le frère de Roméo. confesseur	☐	☒
c. Mercutio est un proche parent du Prince.	☒	☐
d. Juliette dit à ses parents la véritable raison de ses pleurs. ≠ Tybalt mais Roméo	☐	☒
e. La nourrice conseille à Juliette d'oublier Roméo.	☒	☐

2 Numérote dans l'ordre chronologique les actions afin de reconstituer la bataille (scène 1).

- ..... Benvolio aperçoit Tybalt et Pétruchio sur la promenade du cours.
- 4 Le Prince impose l'exil à Roméo.
- 2 Roméo s'interpose et retient Mercutio.
- 3 Roméo venge la mort de Mercutio en tuant Tybalt.
- 1 Tybalt et Mercutio se provoquent mutuellement.

3 Où Roméo se réfugie-t-il après la bagarre ?

☐ chez lui
☒ chez frère Laurence
☐ chez son cousin Benvolio

4 Qui a dit : « Ce jour fera peser sur les jours à venir sa sombre fatalité : il commence le malheur, d'autres doivent l'achever » (l. 131-132)

☐ Roméo
☐ Benvolio
☐ Le Prince

J'ANALYSE LE TEXTE

L'entrée dans le tragique

INFO+
Le **registre tragique** est caractérisé par un ensemble de procédés qui expriment une situation sans issue et souvent fatale pour les personnages.

5 Les provocations que se lancent les deux clans passent souvent par des jeux de mots. Relève dans la scène 1 un jeu de mots méprisant adressé à Tybalt par Mercutio.

6 Par quels gestes et paroles Roméo tente-t-il de raisonner Tybalt et Mercutio ?

7 Relève dans la scène 1 au moins trois mots ou expressions qui montrent que le destin tragique de Roméo et Juliette est scellé.

L'imminence de la séparation

8 Quelle décision le Prince prend-il au sujet de Roméo après le meurtre de Tybalt ? (scène 1)
Coche la bonne réponse.
☐ Il emprisonne Roméo. ☒ Il le bannit de Vérone.

9 **a.** Quelle est la réaction de Juliette face au crime commis par Roméo ? (scène 2)
Coche la bonne réponse.
☐ Horrifiée, elle rejette Roméo.
☒ Malgré sa tristesse, elle reste fidèle à Roméo.
b. Comment la justifie-t-elle ? amour

10 Explique l'affirmation de Roméo dans la scène 3 :
« Hors les murs de Vérone, le monde n'existe pas ;
il n'y a que purgatoire, torture, enfer même. »

11 Comment frère Laurence persuade-t-il Roméo de fuir ? Relève trois arguments dans sa réplique.

1. ....

2. ....

3. ....

Les obstacles à la passion

12 **a.** Quelle décision les parents de Juliette prennent-ils concernant leur fille ? la marier + tôt.

b. Peut-elle s'y opposer ? (scènes 4 et 5) non

13 **a.** Quel conseil la nourrice donne-t-elle à Juliette (scène 5) ?

b. Quelle échappatoire Juliette trouve-t-elle ?

JE FAIS LE BILAN

14 Complète les phrases-bilan à l'aide des mots suivants.

exil | fidèle | Mercutio | Pâris | persuader

rebondissements | suicide | tragique

a. L'acte III se caractérise par le ... tragique ... de la situation. Il est marqué par de nombreux ... rebondissements ... Tybalt tue ... Mercutio ... et Roméo tue Tybalt dans une rixe qu'il a tenté d'éviter. Le Prince prononce son ... exil ... .

b. Il se réfugie chez frère Laurence et songe au ... suicide ... Le confesseur veut le ... persuader ... de fuir en attendant de trouver une solution.

c. Juliette reste ... fidèle ... à Roméo.
Elle refuse d'épouser ... Pâris ... .
Elle décide de fuir chez frère Laurence.

J'ÉCRIS

Écrire une lettre explicative

15 Imagine la lettre que Roméo pourrait écrire au Prince pour expliquer son geste et sa volonté de rester à Vérone.

AIDE
- Explique dans un premier paragraphe pourquoi Roméo ne voulait pas participer à la rixe et pourquoi il a dû se résoudre à tuer Tybalt pour venger Mercutio.
- Explique dans un second paragraphe les raisons de son amour pour la famille Capulet.
- Montre en quoi la révélation de son mariage avec Juliette pourrait rétablir la paix à Vérone.
- Respecte les codes de la lettre.

TOUS EN SCÈNE !

Jouer une scène à double sens

16 Joue avec deux camarades la scène 5 de l'acte III, à partir de « Entre lady Capulet » jusqu'à « lui avez-vous signifié notre décision ? » (l. 640-717).

AIDE
- Choisissez vos rôles : lady Capulet, Juliette et Capulet.
- Exprime les sentiments du personnage que tu joues :
  – désespoir de Juliette et amour pour Roméo ;
  – incompréhension de ses parents.
- La comédienne qui tient le rôle de Juliette doit jouer sur le double sens de ses paroles à propos de Roméo.

JE LIS L'IMAGE

Marc Chagall, *Roméo et Juliette* (1964). Détail du plafond de l'Opéra Garnier.

17 **a.** Fais une rapide recherche sur les œuvres du peintre Marc Chagall.
b. Définis les caractéristiques de la peinture de Chagall à partir de la représentation qu'il a faite de Roméo et Juliette sur le plafond de l'Opéra Garnier à Paris. Tu peux trouver cette œuvre en couleur sur Internet pour enrichir ta réflexion.

18 **a.** Montre que le peintre combine les éléments naturels et urbains. Quels monuments peux-tu notamment identifier ?
b. Que peut symboliser le médaillon des amants encerclés par la lune, dans la partie supérieure droite ?
c. Regarde cette œuvre en couleur sur Internet. Que penses-tu des couleurs utilisées ?
d. Où le peintre a-t-il placé Roméo et Juliette ? Comment l'ensemble représente-t-il l'union indéfectible des amants ?

Scène première

La cellule de frère Laurence.
Entrent Laurence et Pâris.

LAURENCE. – Jeudi, seigneur ! le terme[1] est bien court.

PÂRIS. – Mon père Capulet le veut ainsi, et je ne retarderai son empressement par aucun obstacle.

LAURENCE. – Vous ignorez encore, dites-vous, les sentiments de la dame. Voilà une marche peu régulière, et qui ne me plaît pas.

PÂRIS. – Elle ne cesse de pleurer la mort de Tybalt, et c'est pourquoi je lui ai peu parlé d'amour ; car Vénus ne sourit guère dans une maison de larmes. Or, son père voit un danger à ce qu'elle se laisse ainsi dominer par la douleur ; et, dans sa sagesse, il hâte notre mariage pour arrêter cette inondation de larmes. Le chagrin qui l'absorbe dans la solitude pourra se dissiper dans la société. Maintenant vous connaissez les raisons de cet empressement.

LAURENCE, *à part.* – Hélas ! je connais trop celles qui devraient le ralentir !

Haut.

Justement, messire, voici la dame qui vient à ma cellule.

Entre Juliette.

PÂRIS. – Heureux de vous rencontrer, ma dame et ma femme !

---

1. Le terme : le délai.

JULIETTE. – Votre femme ! Je pourrai l'être quand je pourrai être mariée.

PÂRIS. – Vous pouvez, et vous devez l'être, amour, jeudi prochain.

JULIETTE. – Ce qui doit être sera.

LAURENCE. – Voilà une vérité certaine.

PÂRIS, *à Juliette.* – Venez-vous faire votre confession à ce bon père !

JULIETTE. – Répondre à cela, ce serait me confesser à vous.

PÂRIS. – Ne lui cachez pas que vous m'aimez.

JULIETTE. – Je vous confesse que je l'aime.

PÂRIS. – Comme vous confesserez, j'en suis sûr, que vous m'aimez.

JULIETTE. – Si je fais cet aveu, il aura plus de prix en arrière de vous[2] qu'en votre présence.

PÂRIS. – Pauvre âme, les larmes ont bien altéré[3] ton visage.

JULIETTE. – Elles ont remporté là une faible victoire : il n'avait pas grand charme avant leurs ravages.

PÂRIS. – Ces paroles-là lui font plus d'injure que tes larmes.

JULIETTE. – Ce n'est pas une calomnie[4]. Monsieur, c'est une vérité ; et cette vérité je la dis à ma face.

PÂRIS. – Ta beauté est à moi, et tu la calomnies.

JULIETTE. – Il se peut, car elle ne m'appartient pas... Êtes-vous de loisir[5], saint père, en ce moment, ou reviendrai-je ce soir après vêpres[6] ?

2. **En arrière de vous :** sans que vous soyez là.
3. **Altéré :** abîmé.
4. **Une calomnie :** une fausse accusation.
5. **De loisir :** disponible.
6. **Après vêpres :** après l'office religieux du soir.

Laurence. – J'ai tout mon loisir, pensive enfant... Mon seigneur, nous aurions besoin d'être seuls.

Pâris. – Dieu me préserve de troubler la dévotion[7] ! Juliette, jeudi, de bon matin, j'irai vous réveiller. Jusque-là, adieu, et recueillez ce pieux[8] baiser.

Il l'embrasse et sort.

Juliette. – Oh ! ferme la porte, et, cela fait, viens pleurer avec moi : plus d'espoir, plus de ressource, plus de remède.

Laurence. – Ah ! Juliette, je connais déjà ton chagrin, et j'ai l'esprit tendu par une anxiété inexprimable. Je sais que jeudi prochain, sans délai possible, tu dois être mariée au comte.

Juliette. – Ne me dis pas que tu sais cela, frère, sans me dire aussi comment je puis l'empêcher. Si dans ta sagesse tu ne trouves pas de remède, déclare seulement que ma résolution est sage, et sur-le-champ je remédie à tout avec ce couteau.

Elle montre un poignard.

Dieu a joint mon cœur à celui de Roméo ; toi, tu as joint nos mains ; et, avant que cette main, engagée par toi à Roméo, scelle un autre contrat, avant que mon cœur loyal, devenu perfide et traître, se donne à un autre, ceci aura eu raison de tous deux. Donc, en vertu de ta longue expérience, donne-moi vite un conseil ; sinon, regarde ! entre ma détresse et moi je prends ce couteau sanglant pour médiateur : c'est lui qui arbitrera le litige[9] que l'autorité

7. La dévotion : la prière.
8. Pieux : pur.
9. Qui arbitrera le litige : qui résoudra le conflit.

de ton âge et de ta science n'aura pas su terminer à mon honneur. Réponds-moi sans retard ; il me tarde de mourir si ta réponse ne m'indique pas de remède !

LAURENCE. – Arrête, ma fille ; j'entrevois une espérance possible, mais le moyen nécessaire à son accomplissement est aussi désespéré que le mal que nous voulons empêcher. Si, plutôt que d'épouser le comte Pâris, tu as l'énergie de vouloir te tuer, il est probable que tu oseras affronter l'image de la mort pour repousser le déshonneur, toi qui, pour y échapper, veux provoquer la mort elle-même. Eh bien, si tu as ce courage, je te donnerai un remède.

JULIETTE. – Oh ! plutôt que d'épouser Pâris, dis-moi de m'élancer des créneaux de cette tour là-bas, ou d'errer sur le chemin des bandits ; dis-moi de me glisser où rampent des serpents ; enchaîne-moi avec des ours rugissants ; enferme-moi, la nuit, dans un charnier, sous un monceau d'os de morts qui s'entrechoquent, de moignons fétides[10] et de crânes jaunes et décharnés ; dis-moi d'aller, dans une fosse fraîche remuée, m'enfouir sous le linceul avec un mort : ordonne-moi des choses dont le seul récit me faisait trembler, et je les ferai sans crainte, sans hésitation, pour rester l'épouse sans tache de mon doux bien-aimé !

LAURENCE. – Écoute alors : rentre à la maison, aie l'air gai et dis que tu consens à épouser Pâris. C'est demain mercredi. Demain soir, fais en sorte de coucher seule ; que ta nourrice ne couche pas dans ta chambre ; une fois au lit, prends cette fiole[11] et avale la liqueur qui y est distillée. Aussitôt

10. Moignons fétides : membres amputés à l'odeur répugnante.
11. Fiole : petit flacon de verre.

dans toutes tes veines se répandra une froide et léthargique humeur[12] : le pouls suspendra son mouvement naturel et cessera de battre ; ni chaleur, ni souffle n'attestera que tu vis. Les roses de tes lèvres et de tes joues seront flétries et ternes comme la cendre ; les fenêtres de tes yeux seront closes, comme si la mort les avait fermées au jour de la vie. Chaque partie de ton être, privée de souplesse et d'action, sera roide[13], inflexible et froide comme la mort. Dans cet état apparent de cadavre tu resteras juste quarante-deux heures, et alors tu t'éveilleras comme d'un doux sommeil. Le matin, quand le fiancé arrivera pour hâter ton lever, il te trouvera morte dans ton lit. Alors, selon l'usage de notre pays, vêtue de ta plus belle parure, et placée dans un cercueil découvert, tu seras transportée à l'ancien caveau où repose toute la famille des Capulets. Cependant, avant que tu sois éveillée, Roméo, instruit de notre plan par mes lettres, arrivera ; lui et moi nous épierons ton réveil, et cette nuit-là même Roméo t'emmènera à Mantoue. Et ainsi tu seras sauvée d'un déshonneur imminent, si nul caprice futile, nulle frayeur féminine n'abat ton courage au moment de l'exécution.

JULIETTE. – Donne ! oh ! donne ! ne me parle pas de frayeur.

LAURENCE, *lui remettant la fiole*. – Tiens, pars ! Sois forte et sois heureuse dans ta résolution. Je vais dépêcher[14] un religieux à Mantoue avec un message pour ton mari.

---

12. Léthargique humeur : état de torpeur, d'engourdissement.
13. Roide : raide.
14. Dépêcher : envoyer en urgence.

JULIETTE. – Amour, donne-moi ta force, et cette force me sauvera. Adieu, mon père !

Ils se séparent.

Walter Stanley Paget (1861-1908), *Juliette chez frère Laurence*, vers 1900. Lithographie en couleur, XXe siècle.

ACTE IV

Scène 2

Dans la maison de Capulet.
Entrent Capulet, lady Capulet, la nourrice et des valets.

CAPULET, *remettant un papier au premier valet.* – Tu inviteras toutes les personnes dont les noms sont écrits ici.

Le valet sort.

Au second valet.

Maraud, va me louer vingt cuisiniers habiles.

DEUXIÈME VALET. – Vous n'en aurez que de bons, monsieur, car je m'assurerai d'abord s'ils se lèchent les doigts.

CAPULET. – Et comment t'assureras-tu par là de leur savoir-faire ?

DEUXIÈME VALET. – Pardine[15], monsieur, c'est un mauvais cuisinier que celui qui ne se lèche pas les doigts : ainsi ceux qui ne se lécheront pas les doigts, je ne les prendrai pas.

CAPULET. – Bon, va-t'en.

Le valet sort.

Nous allons être pris au dépourvu cette fois. Eh bien, est-ce que ma fille est allée chez frère Laurence ?

LA NOURRICE. – Oui, ma foi.

CAPULET. – Allons, il aura peut-être une bonne influence sur elle. La friponne est si maussade[16], si opiniâtre[17] !

Entre Juliette.

---

15. **Pardine :** pardi !
16. **Maussade :** de mauvaise humeur.
17. **Opiniâtre :** obstinée.

La nourrice. – Voyez donc avec quelle mine joyeuse elle revient de confesse.

Capulet. – Eh bien, mon entêtée, où avez-vous été comme ça ?

Juliette. – Chez quelqu'un qui m'a appris à me repentir de ma coupable résistance à vous et à vos ordres. Le vénérable Laurence m'a enjoint de me prosterner à vos pieds, et de vous demander pardon…

Elle s'agenouille devant son père.

Pardon, je vous en conjure ! Désormais je me laisserai régir entièrement par vous.

Capulet. – Qu'on aille chercher le comte, et qu'on l'instruise de ceci. Je veux que ce nœud[18] soit noué dès demain matin.

Juliette. – J'ai rencontré le jeune comte à la cellule de Laurence, et je lui ai témoigné mon amour autant que je le pouvais sans franchir les bornes de la modestie[19].

Capulet. – Ah ! j'en suis bien aise… Voilà qui est bien… Relève-toi.

Juliette se relève.

Les choses sont comme elles doivent être… Il faut que je voie le comte. Morbleu, qu'on aille le chercher, vous dis-je. Ah ! pardieu, c'est un saint homme que ce révérend père, et toute notre cité lui est bien redevable.

Juliette. – Nourrice, voulez-vous venir avec moi dans mon cabinet ? Vous m'aiderez à ranger les parures que vous trouverez convenables pour ma toilette de demain.

---

18. Ce nœud : ce mariage.
19. Sans franchir les bornes de la modestie : avec retenue.

Lady Capulet. – Non, non, pas avant jeudi. Nous avons le temps.

Capulet. – Va, nourrice, va avec elle.

Juliette sort avec la nourrice.

À lady Capulet.

Nous irons à l'église demain.

Lady Capulet. – Nous serons pris à court pour les préparatifs : il est presque nuit déjà.

Capulet. – Bah ! je vais me remuer, et tout ira bien, je te le garantis, femme ! Toi, va rejoindre Juliette, et aide-la à se parer ; je ne me coucherai pas cette nuit... Laisse-moi seul ; c'est moi qui ferai la ménagère cette fois... Holà !... Ils sont tous sortis. Allons, je vais moi-même chez le comte Pâris le prévenir pour demain. J'ai le cœur étonnamment allègre[20], depuis que cette petite folle est venue à résipiscence[21].

Ils sortent.

20. Allègre : joyeux.
21. Résipiscence : repentir.

Scène 3

La chambre à coucher de Juliette.
Entrent Juliette et la nourrice.

JULIETTE. – Oui, c'est la toilette qu'il faut… Mais, gentille nourrice, laisse-moi seule cette nuit, je t'en prie : car j'ai besoin de beaucoup prier, pour décider le ciel à sourire à mon existence, qui est, tu le sais bien, pleine de trouble et de péché.

Entre lady Capulet.

LADY CAPULET. – Allons, êtes-vous encore occupées ? avez-vous besoin de mon aide ?

JULIETTE. – Non, madame ; nous avons choisi tout ce qui sera nécessaire pour notre cérémonie de demain. Veuillez permettre que je reste seule à présent, et que la nourrice veille avec vous cette nuit ; car, j'en suis sûre, vous avez trop d'ouvrage sur les bras, dans des circonstances si pressantes.

LADY CAPULET. – Bonne nuit ! Mets-toi au lit, et repose ; car tu en as besoin.

Lady Capulet sort avec la nourrice.

JULIETTE. – Adieu !… Dieu sait quand nous nous reverrons. Une vague frayeur répand le frisson dans mes veines et y glace presque la chaleur vitale… Je vais les rappeler pour me rassurer… Nourrice !… Qu'a-t-elle à faire ici ? Il faut que je joue seule mon horrible scène !

Prenant la fiole que Laurence lui a donnée.

À moi, fiole !... Eh quoi ! si ce breuvage n'agissait pas ! Serais-je donc mariée demain matin ?... Non, non... Voici qui l'empêcherait... Repose ici, toi.

Elle met un couteau à côté de son lit.

Et si c'était un poison que le moine m'eût subtilement administré pour me faire mourir, afin de ne pas être déshonoré par ce mariage, lui qui m'a déjà marié à Roméo ! J'ai peur de cela ; mais non, c'est impossible : il a toujours été reconnu pour un saint homme... Et si, une fois déposée dans le tombeau, je m'éveillais avant le moment où Roméo doit venir me délivrer ! Ah ! l'effroyable chose ! Ne pourrais-je pas être étouffée dans ce caveau dont la bouche hideuse n'aspire jamais un air pur, et mourir suffoquée avant que Roméo n'arrive ! Ou même, si je vis, n'est-il pas probable que l'horrible impression de la mort et de la nuit jointe à la terreur du lieu... En effet, ce caveau est l'ancien réceptacle où depuis bien des siècles sont entassés les os de tous mes ancêtres ensevelis ; où Tybalt sanglant et encore tout frais dans la terre pourrit sous son linceul ; où, dit-on, à certaines heures de la nuit, les esprits s'assemblent !... Hélas ! hélas ! n'est-il pas probable que, réveillée avant l'heure, au milieu d'exhalaisons infectes[22] et de gémissements pareils à ces cris de mandragores[23] déracinées que des vivants ne peuvent entendre sans devenir fous... Oh ! si je m'éveille ainsi, est-ce que je ne perdrai pas la raison, environnée de toutes ces horreurs ? Peut-être alors, insensée, voudrai-je

22. **Exhalaisons infectes :** odeurs répugnantes.
23. **Mandragores :** plantes dont on disait qu'elles criaient quand on les arrachait.

jouer avec les squelettes de mes ancêtres, et arracher de son linceul Tybalt mutilé, et, dans ce délire, saisissant l'os de quelque grand parent comme une massue, en broyer ma cervelle désespérée ! Oh ! tenez ! il me semble voir le spectre de mon cousin poursuivant Roméo qui lui a troué le corps avec la pointe de son épée… Arrête, Tybalt, arrête !

Elle porte la fiole à ses lèvres.

Roméo ! Roméo ! Roméo ! voici à boire ! je bois à toi.

Elle se jette sur son lit, derrière un rideau.

ACTE IV

Scène 4

Une salle dans la maison de Capulet. Le jour se lève. Entrent lady Capulet et la nourrice.

LADY CAPULET, *donnant un trousseau de clefs à la nourrice.* – Tenez, nourrice, prenez ces clefs et allez chercher d'autres épices.

LA NOURRICE. – On demande des dattes et des coings pour la pâtisserie.

Entre Capulet.

CAPULET. – Allons ! debout ! debout ! debout ! le coq a chanté deux fois ; le couvre-feu a sonné ; il est trois heures...

À lady Capulet.

Ayez l'œil aux fours, bonne Angélique et qu'on n'épargne rien[24].

LA NOURRICE, *à Capulet.* – Allez, allez, cogne-fétu[25], allez vous mettre au lit ; ma parole, vous serez malade demain d'avoir veillé cette nuit.

CAPULET. – Nenni, nenni. Bah ! j'ai déjà passé des nuits entières pour de moindres motifs, et je n'ai jamais été malade.

LADY CAPULET. – Oui, vous avez chassé les souris dans votre temps ; mais je veillerai désormais à ce que vous ne veilliez plus ainsi.

Lady Capulet et la nourrice sortent.

---

24. Qu'on n'épargne rien : que l'on ne regarde pas à la dépense.
25. Cogne-fétu : faible personne.

CAPULET. – Jalousie ! jalousie !

Des valets passent portant des broches, des bûches et des paniers.

Au premier valet.

Eh bien, l'ami, qu'est-ce que tout ça ?

PREMIER VALET. – Monsieur, c'est pour le cuisinier, mais je ne sais trop ce que c'est.

CAPULET. – Hâte-toi, hâte-toi.

Sort le premier valet.

Au deuxième valet.

Maraud, apporte des bûches plus sèches, appelle Pierre, il te montrera où il y en a.

DEUXIÈME VALET. – J'ai assez de tête, monsieur, pour suffire aux bûches sans déranger Pierre.

Il sort.

CAPULET. – Par la messe, bien répondu. Voilà un plaisant coquin ! Ah ! je te proclame roi des bûches… Ma foi, il est jour. Le comte va être ici tout à l'heure avec la musique, car il me l'a promis.

Bruit d'instruments qui se rapprochent.

Je l'entends qui s'avance… Nourrice ! Femme !… Holà ! nourrice, allons donc !

Entre la nourrice.

CAPULET. – Allez éveiller Juliette, allez, et habillez-la ; je vais causer avec Pâris… Vite, hâtez-vous, hâtez-vous ! le fiancé est déjà arrivé ; hâtez-vous, vous dis-je.

Tous sortent.

La chambre à coucher de Juliette.

Entre la nourrice.

La nourrice, *appelant*. – Madame ! allons, madame !... Juliette !... Elle dort profondément, je le garantis... Eh bien, agneau ! eh bien, maîtresse !... Fi, paresseuse !... Allons, amour, allons ! Madame ! mon cher cœur ! Allons, la mariée ! Quoi, pas un mot !... Vous en prenez pour votre argent cette fois, vous dormez pour une semaine, car, la nuit prochaine, j'en réponds, le comte a pris son parti de ne vous laisser prendre que peu de repos... Dieu me pardonne ! Jésus Marie ! comme elle dort ! Il faut que je l'éveille... Madame ! madame ! madame ! Oui, que le comte vous surprenne au lit ; c'est lui qui vous secouera, ma foi...

Elle tire les rideaux du lit et découvre Juliette étendue et immobile.

Est-il possible ! Quoi ! toute vêtue, toute parée, et recouchée ! Il faut que je la réveille... Madame ! madame ! madame ! Ô malheur ! faut-il ! que je sois jamais née !... Holà, de l'eau-de-vie !... Monseigneur ! Madame !

Entre lady Capulet.

Lady Capulet. – Quel est ce bruit ?

La nourrice. – Ô jour lamentable !

Lady Capulet. – Qu'y a-t-il ?

La nourrice, *montrant le lit*. – Regardez, regardez ! Ô jour désolant !

Lady Capulet. – Ciel ! ciel ! Mon enfant, ma vie ! Renais, rouvre les yeux, ou je vais mourir avec toi ! Au secours ! au secours ! appelez au secours !

Entre Capulet.

Capulet. – Par pudeur[26], amenez Juliette ; son mari est arrivé.

La nourrice. – Elle est morte, décédée, elle est morte ; ah ! mon Dieu !

Lady Capulet. – Mon Dieu ! elle est morte ! elle est morte ! elle est morte !

Capulet, *s'approchant de Juliette.* – Ah ! que je la voie !... C'est fini, hélas ! elle est froide ! Son sang est arrêté et ses membres sont roides. La vie a depuis longtemps déserté ses lèvres. La mort est sur elle, comme une gelée précoce sur la fleur des champs la plus suave[27] !

La nourrice. – Ô jour lamentable !

Lady Capulet. – Douloureux moment !

Capulet. – La mort qui me l'a prise pour me faire gémir enchaîne ma langue et ne me laisse pas parler.

Entrent frère Laurence et Pâris suivi de musiciens.

Laurence. – Allons, la fiancée est-elle prête à aller à l'église ?

Capulet. – Prête à y aller, mais pour n'en pas revenir !

À Pâris.

Ô mon fils, la nuit qui précédait tes noces, la mort est entrée dans le lit de ta fiancée, et voici la pauvre fleur toute déflorée par elle. Le sépulcre est mon gendre, le sépulcre est mon héritier, le sépulcre a épousé ma fille. Moi, je vais mourir et tout lui laisser. Quand la vie se retire, tout est au sépulcre.

---

26. Par pudeur : de grâce.
27. Suave : délicate.

PÂRIS. – N'ai-je si longtemps désiré voir cette aurore, que pour qu'elle me donnât un pareil spectacle !

LADY CAPULET. – Jour maudit, malheureux, misérable, odieux ! Heure la plus atroce qu'ait jamais vu le temps dans le cours laborieux de son pèlerinage ! Rien qu'une pauvre enfant, une pauvre chère enfant, rien qu'un seul être pour me réjouir et me consoler, et la mort cruelle l'arrache de mes bras !

LA NOURRICE. – Ô douleur ! ô douloureux, douloureux, douloureux jour ! Jour lamentable ! jour le plus douloureux que jamais, jamais je n'aie vu ! Ô jour ! ô jour ! ô jour ! ô jour odieux ! Jamais jour ne fut plus sombre ! Ô jour douloureux ! ô jour douloureux !

PÂRIS. – Déçue, divorcée, frappée, accablée, assassinée ! Oui, détestable mort, déçue par toi, ruinée par toi, cruelle, cruelle ! Ô mon amour ! ma vie… Non, tu n'es plus ma vie, tu es mon amour dans la mort !

CAPULET. – Honnie[28], désolée, navrée, martyrisée, tuée ! Sinistre catastrophe, pourquoi es-tu venue détruire, détruire notre solennité[29] ?… Ô mon enfant ! mon enfant ! mon enfant ! Non ! toute mon âme ! Quoi, tu es mortel… Hélas ! mon enfant est morte, et, avec mon enfant, sont ensevelies toutes mes joies !

LAURENCE. – Silence, n'avez-vous pas de honte ? Le remède aux maux désespérés n'est pas dans ces désespoirs. Le ciel et vous, vous vous partagiez cette belle enfant ; maintenant le ciel l'a tout entière, et pour elle c'est tant mieux.

---

28. Honnie : honteuse.
29. Solennité : moment solennel ; ici, cérémonie.

Votre part en elle, vous ne pouviez la garder de la mort, mais le ciel garde sa part dans l'éternelle vie. Une haute fortune était tout ce que vous lui souhaitiez ; c'était le ciel pour vous de la voir s'élever, et vous pleurez maintenant qu'elle s'élève, au-dessus des nuages, jusqu'au ciel même ! Oh ! vous aimez si mal votre enfant que vous devenez fou en voyant qu'elle est bien. Vivre longtemps mariée, ce n'est pas être bien mariée ; la mieux mariée est celle qui meurt jeune. Séchez vos larmes et attachez vos branches de romarin[30] sur ce beau corps ; puis, selon la coutume, portez-la dans sa plus belle parure à l'église. Car, bien que la faible nature nous force tous à pleurer, les larmes de la nature font sourire la raison[31].

CAPULET. – Tous nos préparatifs de fête se changent en appareil funèbre[32] : notre concert devient un glas[33] mélancolique ; notre repas de noces, un triste banquet d'obsèques ; nos hymnes solennels, des chants lugubres. Notre bouquet nuptial sert pour une morte, et tout change de destination[34].

LAURENCE. – Retirez-vous, monsieur, et vous aussi, madame, et vous aussi, messire Pâris ; que chacun se prépare à escorter cette belle enfant jusqu'à son tombeau. Le ciel s'appesantit sur vous, pour je ne sais quelle offense ; ne l'irritez pas davantage en murmurant contre sa volonté suprême.

---

30. Romarin : plante aromatique associée au mariage et aux funérailles.
31. Les larmes [...] raison : la raison rit de ces pleurs.
32. Appareil funèbre : organisation des funérailles.
33. Glas : sonnerie de cloche qui annonce une mort.
34. De destination : de sens, d'objectif.

Sortent Capulet, lady Capulet, Pâris et frère Laurence.

PREMIER MUSICIEN. – Nous pouvons serrer[35] nos flûtes et partir.

LA NOURRICE. – Ah ! serrez-les, serrez-les, mes bons, mes honnêtes amis ; car, comme vous voyez, la situation est lamentable.

PREMIER MUSICIEN. – Oui, et je voudrais qu'on pût l'amender[36].

Sort la nourrice.

Entre Pierre.

PIERRE. – Musiciens ! Oh ! musiciens, vite *Gaieté du cœur ! Gaieté du cœur !* Oh ! si vous voulez que je vive, jouez-moi *Gaieté du cœur !*

PREMIER MUSICIEN. – Et pourquoi *Gaieté du cœur* !

PIERRE. – Ô musiciens ! parce que mon cœur lui-même joue l'air de *Mon cœur est triste*. Ah ! jouez-moi quelque complainte joyeuse pour me consoler.

DEUXIÈME MUSICIEN. – Pas la moindre complainte ; ce n'est pas le moment de jouer à présent.

PIERRE. – Vous ne voulez pas, alors ?

LES MUSICIENS. – Non.

PIERRE. – Alors vous allez l'avoir solide.

PREMIER MUSICIEN. – Qu'est-ce que nous allons avoir ?

PIERRE. – Ce n'est pas de l'argent, morbleu, c'est une raclée, méchants racleurs !

PREMIER MUSICIEN. – Méchant valet !

---

35. Serrer : ranger.
36. Amender : améliorer.

PIERRE. – Ah ! je vais vous planter ma dague[37] de valet dans la perruque. Je ne supporterai pas vos fadaises ; je vous en donnerai des fa-dièses, moi, sur les épaules, notez bien.

PREMIER MUSICIEN. – En nous donnant le fa-dièse, c'est vous qui nous noterez.

DEUXIÈME MUSICIEN. – Voyons, rengainez votre dague et dégainez votre esprit.

PIERRE. – En garde donc ! Je vais vous attaquer à la pointe de l'esprit et rengainer ma pointe d'acier… Ripostez-moi en hommes.

Il chante.

Quand une douleur poignante blesse le cœur
Et qu'une morne tristesse accable l'esprit,
Alors la musique au son argentin…

Pourquoi son argentin ? Pourquoi la musique a-t-elle le *son argentin* ? Répondez, Simon Corde-à-Boyau !

PREMIER MUSICIEN. – Eh ! parce que l'argent a le son fort doux.

PIERRE. – Joli !… Répondez, vous, Hugues Rebec !

DEUXIÈME MUSICIEN. – La musique a le son argentin, parce que les musiciens la font sonner pour argent.

PIERRE. – Joli aussi !… Répondez, vous, Jacques Serpent.

TROISIÈME MUSICIEN. – Ma foi, je ne sais que dire.

PIERRE. – Oh ! j'implore votre pardon : vous êtes le chanteur de la bande. Eh bien, je vais répondre pour vous. La musique a le son argentin, parce que les gaillards de votre espèce font rarement sonner l'or.

---

37. Dague : petite épée.

Il chante.

Alors la musique au son argentin
Apporte promptement le remède.

Il sort.

PREMIER MUSICIEN. – Voilà un fieffé coquin !

DEUXIÈME MUSICIEN. – Qu'il aille se faire pendre !... Sortons, nous autres ! attendons le convoi, et nous resterons à dîner.

Ils sortent.

CARNET DE LECTURE

QUESTIONS SUR L'ACTE IV

AI-JE BIEN LU ?

1 Numérote les actions dans l'ordre chronologique.

- [.....] Juliette boit la potion.
- [.....] Les parents de Juliette se lamentent sur la mort de leur fille.
- [.....] La nourrice découvre le corps inanimé de Juliette.
- [.....] Les musiciens chargés d'animer la noce s'en vont.
- [.....] Frère Laurence remet à Juliette une potion qui lui donnera l'apparence de la mort.
- [.....] Juliette se réveillera 42 heures après avoir bu la potion.

2 Place les actions dans le tableau.

mariage prévu de Juliette et de Pâris | Juliette avale la potion | Juliette est retrouvée inanimée | Laurence donne la potion à Juliette

	matin	soir
mardi	....	....
mercredi	....	....
jeudi	....	....

INFO+
Le héros peut être aidé par un **adjuvant** ou au contraire gêné dans ses projets par un **opposant**.

3 Qui sont les adjuvants et opposants de Roméo et de Juliette dans l'acte IV ?
Surligne en vert les adjuvants et en rouge les opposants.

Pâris | Capulet | La nourrice | Lady Capulet | Frère Laurence

opp. opp. Adj opp. Adj

J'ANALYSE LE TEXTE

Un stratagème

4 **a.** Quel est le sujet du dialogue entre Pâris et Juliette ? (sc. 1)
b. Montre le décalage entre leurs sentiments.

5 **a.** Quel stratagème frère Laurence propose-t-il ? (sc. 1)
b. En quoi est-il risqué ?

Du mariage au linceul

INFO+
Le **registre fantastique** est caractérisé par l'irruption d'éléments surnaturels provoquant la peur et l'inquiétude. Voir scène 3.

6 Quelle décision bouleverse les plans de frère Laurence ?

7 **a.** Quelles visions cauchemardesques accablent Juliette ?
b. Parmi ces expressions extraites de la scène 3, coche celles qui font référence à une vision fantastique.

- ☐ « une vague frayeur »
- ☐ « les esprits s'assemblent »
- ☐ « la chaleur vitale »
- ☒ « les squelettes de mes ancêtres »
- ☒ « le spectre de mon cousin »
- ☐ « ne pas être déshonoré par ce mariage »
- ☒ « gémissements pareils à des cris de Mandragore »

c. Parmi ces expressions extraites de la scène 3, surligne en jaune celles exprimant la peur et en bleu celles exprimant la folie.
« devenir fous » • « vague frayeur » • « ma cervelle désespérée » • « frisson » • « terreur » • « effroyable chose » • « délire » • « insensée » • « perdre la raison »

8 Parmi ces adjectifs, entoure ceux qui font de Juliette la vraie héroïne de l'acte IV et justifie.

loyale **écervelée** hypocrite timorée
courageuse rusée

CARNET DE LECTURE

La déploration

INFO+
La **déploration** est la manifestation d'une grande douleur. Elle relève du **registre pathétique**.

9 Par quels signes de ponctuation la nourrice exprime-t-elle son désarroi face au corps figé de Juliette ? (scène 2)

10 « Le sépulcre est mon gendre, le sépulcre est mon héritier, le sépulcre a épousé ma fille » (l. 317-318) : par quelle figure de style Capulet exprime-t-il son désespoir ?

11 Explique l'ironie tragique dans l'interrogation de frère Laurence : « La fiancée est-elle prête à aller à l'Église ? » (sc. 4)

JE FAIS LE BILAN

12 Complète les phrases-bilan à l'aide des mots suivants.

célébrer | fiole | mariage | terrorisée | nourrice

stratagème | déploration | funérailles | ironie tragique

a. Dans l'acte IV, frère Laurence propose un stratagème à Juliette. Elle doit boire une fiole de liqueur qui doit donner à son corps l'apparence de la mort. Roméo, prévenu par l'ecclésiastique, doit la rejoindre pour s'enfuir avec elle.

b. Cependant Pâris et les Capulets sont pressés de célébrer l'union de leurs maisons. Juliette fait semblant d'accepter le mariage.

c. Terrorisée, elle absorbe la liqueur. Sa nourrice la découvre inanimée. Ses parents et son promis se livrent à une déploration désespérée. Par ironie tragique la cérémonie de noces devient funérailles

J'ÉTUDIE LA LANGUE

Grammaire

Identifier le COD

INFO+

Le **complément d'objet direct** complète un verbe de manière directe (sans préposition). C'est un complément qui est indispensable au sens de la phrase. Il peut appartenir à des classes grammaticales variées (GN, pronom, proposition).

13 **a.** Identifie et entoure le COD du verbe « aimer » dans chacune des phrases suivantes.

- « Ne lui cachez pas que vous m'aimez. »
- « Je vous confesse que je l'aime. »

b. Quelle est la classe grammaticale des COD ?

☐ nom ☐ proposition ☒ pronom

Les pronoms

14 Dans ces mêmes phrases, relève les sept pronoms, puis indique pour chaque pronom le personnage qu'il désigne.

- « Ne lui cachez pas que vous m'aimez. »
- « Je vous confesse que je l'aime. »

J'ÉCRIS

Écrire un dialogue de théâtre

15 Imagine que la nourrice et lady Capulet entendent l'appel de Juliette et reviennent dans sa chambre.
Juliette leur avoue le stratagème de frère Laurence.

AIDE

- Respecte les caractéristiques du dialogue théâtral.
- Imagine les réactions affolées de la nourrice et de la mère.

JE LIS L'IMAGE

16 **a.** Décris les personnages et identifie-les (le metteur en scène porte une veste blanche).
b. Quel rôle le religieux joue-t-il dans la scène ?

17 **a.** Quel est le passage de la pièce représenté ?
b. Le moment est-il raconté dans la pièce ou constitue-t-il une ellipse (est-il passé sous silence) ?

Photogramme du film *Roméo et Juliette* (1968) de Franco Zeffirelli avec Olivia Hussey et Leonard Whiting. Agences Christophel/Leemage.

Scène première

Mantoue. Une rue.
Entre Roméo

Roméo. –Si je puis me fier aux flatteuses assurances du sommeil[38], mes rêves m'annoncent l'arrivée de quelque joyeuse nouvelle. La pensée souveraine de mon cœur siège sereine sur son trône[39] ; et, depuis ce matin, une allégresse singulière m'élève au-dessus de terre par de riantes pensées. J'ai rêvé que ma dame arrivait et me trouvait mort (étrange rêve qui laisse à un mort la faculté de penser !) puis, qu'à force de baisers elle ranimait la vie sur mes lèvres, et que je renaissais, et que j'étais empereur. Ciel ! combien doit être douce la possession de l'amour, si son ombre est déjà si prodigue[40] de joies !

Entre Balthazar.

Roméo. – Des nouvelles de Vérone !... Eh bien, Balthazar, est-ce que tu ne m'apportes pas de lettre du moine ? Comment va ma dame ? Mon père est-il bien ? Comment va madame Juliette ? Je te répète cette question-là ; car, si ma Juliette est heureuse, il n'existe pas de malheur.

Balthazar. – Elle est heureuse, il n'existe donc pas de malheur. Son corps repose dans le tombeau des Capulets,

---

38. Si je puis me fier [...] sommeil : si je crois aux présages agréables que m'envoient mes songes.
39. La pensée souveraine [...] trône : l'amour qui emplit mon cœur est comme un roi heureux sur son trône.
40. Prodigue : qui donne généreusement.

et son âme immortelle vit avec les anges. Je l'ai vu déposer dans le caveau de sa famille, et j'ai pris aussitôt la poste[41] pour vous l'annoncer. Oh ! pardonnez-moi de vous apporter ces tristes nouvelles : je remplis l'office dont vous m'aviez chargé, monsieur.

ROMÉO. – Est-ce ainsi ? eh bien, astres, je vous défie !...

À Balthazar.

Tu sais où je loge : procure-moi de l'encre et du papier, et loue des chevaux de poste : je pars d'ici ce soir.

BALTHAZAR. – Je vous en conjure, monsieur, ayez de la patience. Votre pâleur, votre air hagard annonce quelque catastrophe.

ROMÉO. – Bah ! tu te trompes !... Laisse-moi et fais ce que je te dis : est-ce que tu n'as pas de lettre du moine pour moi ?

BALTHAZAR. – Non, mon bon seigneur.

ROMÉO. – N'importe : va-t'en, et loue des chevaux ; je te rejoins sur-le-champ.

Sort Balthazar.

Oui, Juliette, je dormirai près de toi cette nuit. Cherchons le moyen... Ô destruction ! comme tu t'offres vite à la pensée des hommes désespérés ! Je me souviens d'un apothicaire qui demeure aux environs ; récemment encore je le remarquais sous sa guenille[42], occupé, le sourcil froncé, à cueillir des simples[43] : il avait la mine amaigrie, l'âpre misère l'avait usé jusqu'aux os. Dans sa

---

41. J'ai pris [...] la poste : j'ai pris un relai de chevaux, je suis venu très vite avec un cheval frais.
42. Sous sa guenille : dans ses vêtements en lambeaux.
43. Des simples : des plantes médicinales.

pauvre échoppe étaient accrochés une tortue, un alligator empaillé et des peaux de poissons monstrueux ; sur ses planches, une chétive collection de boîtes vides, des pots de terre verdâtres, des vessies et des graines moisies, des restes de ficelle et de vieux pains de rose étaient épars çà et là pour faire étalage. Frappé de cette pénurie, je me dis à moi-même : « Si un homme avait besoin de poison, bien que la vente en soit punie de mort à Mantoue, voici un pauvre gueux qui lui en vendrait. » Oh ! je pressentais alors mon besoin présent ; il faut que ce besogneux m'en vende... Autant qu'il m'en souvient, ce doit être ici sa demeure ; comme c'est fête aujourd'hui, la boutique du misérable est fermée... Holà ! l'apothicaire !

Une porte s'ouvre. Paraît l'apothicaire.

L'APOTHICAIRE. – Oui donc appelle si fort ?

ROMÉO. – Viens ici, l'ami... Je vois que tu es pauvre ; tiens, voici quarante ducats[44] ; donne-moi une dose de poison ; mais il me faut une drogue énergique qui, à peine dispersée dans les veines de l'homme las de vivre, le fasse tomber mort, et qui chasse du corps le souffle aussi violemment, aussi rapidement que la flamme renvoie la poudre des entrailles fatales du canon !

L'APOTHICAIRE. – J'ai de ces poisons meurtriers. Mais la loi de Mantoue, c'est la mort pour qui les débite.

ROMÉO. – Quoi ! tu es dans ce dénuement et dans cette misère, et tu as peur de mourir ! La famine est sur tes joues ; le besoin et la souffrance agonisent dans ton

44. Ducats : monnaie d'or.

regard ; le dégoût et la misère pendent à tes épaules. Le monde ne t'est point ami, ni la loi du monde ; le monde n'a pas fait sa loi pour t'enrichir ; viole-la donc, cesse d'être pauvre et prends ceci.

Il lui montre sa bourse.

L'APOTHICAIRE. – Ma pauvreté consent, mais non ma volonté.

ROMÉO. – Je paye ta pauvreté, et non ta volonté.

L'APOTHICAIRE. – Mettez ceci dans le liquide que vous voudrez, et avalez ; eussiez-vous la force de vingt hommes, vous serez expédié immédiatement.

ROMÉO, *lui jetant sa bourse.* – Voici ton or ; ce poison est plus funeste à l'âme des hommes, il commet plus de meurtres dans cet odieux monde que ces pauvres mixtures que tu n'as pas le droit de vendre. C'est moi qui te vends du poison ; tu ne m'en as pas vendu. Adieu, achète de quoi manger et engraisse.

Serrant la fiole que l'apothicaire lui a remise.

Ceci, du poison ? non ! Viens, cordial[45], viens avec moi au tombeau de Juliette ; c'est là que tu dois me servir.

Ils se séparent.

45. Cordial : boisson tonifiante.

Roméo achète du poison chez l'apothicaire, illustration pour la scène 1 de l'acte V de *Roméo et Juliette*, 1890. Lithographie.

Scène 2

La cellule de frère Laurence.
Entre frère Jean.

JEAN. – Saint franciscain ! Mon frère, holà !

Entre frère Laurence.

LAURENCE. – Ce doit être la voix du frère Jean, De Mantoue ! Sois le bienvenu. Que dit Roméo ?... A-t-il écrit ? Alors donne-moi sa lettre.

JEAN. – J'étais allé à la recherche d'un frère déchaussé de notre ordre[46], qui devait m'accompagner, et je l'avais trouvé ici dans la cité en train de visiter les malades ; mais les inspecteurs de la ville, nous ayant rencontrés tous deux dans une maison qu'ils soupçonnaient infectée de la peste, en ont fermé les portes et n'ont pas voulu nous laisser sortir. C'est ainsi qu'a été empêché mon départ pour Mantoue.

LAURENCE. – Qui donc a porté ma lettre à Roméo ?

JEAN. – La voici. Je n'ai pas pu l'envoyer, ni me procurer un messager pour te la rapporter, tant la contagion effrayait tout le monde.

LAURENCE. – Malheureux événement ! Par notre confrérie, ce n'était pas une lettre insignifiante, c'était un message d'une haute importance, et ce retard peut produire de grands malheurs. Frère Jean, va me chercher un levier de fer, et apporte-le-moi sur-le-champ dans ma cellule.

46. **Un frère [...] de notre ordre :** un moine de la même congrégation (franciscain).

JEAN. – Frère, je vais te l'apporter.

Il sort.

LAURENCE. – Maintenant il faut que je me rende seul au tombeau ; dans trois heures la belle Juliette s'éveillera. Elle me maudira, parce que Roméo n'a pas été prévenu de ce qui est arrivé ; mais je vais récrire à Mantoue, et je la garderai dans ma cellule jusqu'à la venue de Roméo. Pauvre cadavre vivant, enfermé dans le sépulcre d'un mort !

Il sort.

Scène 3

Vérone. Un cimetière au milieu duquel s'élève le tombeau des Capulets. Entre Pâris suivi de son page[47] qui porte une torche et des fleurs.

PÂRIS. – Page, donne-moi ta torche. Éloigne-toi et tiens-toi à l'écart... Mais, non, éteins-la, car je ne veux pas être vu. Va te coucher sous ces ifs[48] là-bas, en appliquant ton oreille contre la terre sonore ; aucun pied ne pourra se poser sur le sol du cimetière, tant de fois amolli et fouillé par la bêche du fossoyeur, sans que tu l'entendes : tu siffleras, pour m'avertir, si tu entends approcher quelqu'un... Donne-moi ces fleurs. Fais ce que je te dis. Va.

LE PAGE, *à part.* – J'ai presque peur de rester seul ici dans le cimetière ; pourtant je me risque.

Il se retire.

PÂRIS. – Douce fleur, je sème ces fleurs sur ton lit nuptial, dont le dais[49], hélas ! est fait de poussière et de pierres ; je viendrai chaque nuit les arroser d'eau douce, ou, à son défaut, de larmes distillées par des sanglots ; oui, je veux célébrer tes funérailles en venant, chaque nuit, joncher[50] ta tombe et pleurer.

Lueur d'une torche et bruit de pas au loin. Le page siffle.

---

47. Page : jeune noble.
48. Ifs : arbres.
49. Dais : tissu suspendu au-dessus d'un lit.
50. Joncher : recouvrir.

Le page m'avertit que quelqu'un approche. Quel est ce pas sacrilège qui erre par ici la nuit et trouble les rites funèbres de mon amour ? Eh quoi ! une torche !... Nuit, voile-moi un instant.

Il se cache.

Entre Roméo, suivi de Balthazar qui porte une torche, une pioche et un levier.

ROMÉO. – Donne-moi cette pioche et ce crocheteur d'acier.

Remettant un papier au page.

Tiens, prends cette lettre ; demain matin, de bonne heure, aie soin de la remettre à mon seigneur et père... Donne-moi la lumière. Sur ta vie, voici mon ordre : quoi que tu voies ou entendes, reste à l'écart et ne m'interromps pas dans mes actes. Si je descends dans cette alcôve[51] de la mort, c'est pour contempler les traits de ma dame, mais surtout pour détacher de son doigt inerte un anneau précieux, un anneau que je dois employer à un cher usage. Ainsi, éloigne-toi, va-t'en... Mais si, cédant au soupçon, tu oses revenir pour épier ce que je veux faire, par le ciel, je te déchirerai lambeau par lambeau, et je joncherai de tes membres ce cimetière affamé. Ma résolution est farouche comme le moment ; elle est plus terrible et plus inexorable que le tigre à jeun ou la mer rugissante.

BALTHAZAR. – Je m'en vais, monsieur, et je ne vous troublerai pas.

ROMÉO. – C'est ainsi que tu me prouveras ton dévouement...

51. Alcôve : renfoncement dans le mur.

Lui jetant sa bourse.

Prends ceci : vis et prospère... Adieu, cher enfant.

BALTHAZAR, *à part.* – N'importe. Je vais me cacher aux alentours ; sa mine m'effraye, et je suis inquiet sur ses intentions.

Il se retire.

ROMÉO, *prenant le levier et allant au tombeau.* – Horrible gueule, matrice de la mort[52], gorgée de ce que la terre a de plus précieux, je parviendrai bien à ouvrir tes lèvres pourries[53] et à te fourrer de force une nouvelle proie !

Il enfonce la porte du monument.

PÂRIS. – C'est ce banni, ce Montague hautain qui a tué le cousin de ma bien-aimée : la belle enfant en est morte de chagrin, à ce qu'on suppose. Il vient ici pour faire quelque infâme outrage aux cadavres : je vais l'arrêter...

Il s'avance.

Suspends ta besogne impie[54], vil Montague : la vengeance peut-elle se poursuivre au delà de la mort ? Misérable condamné, je t'arrête. Obéis et viens avec moi ; car il faut que tu meures.

ROMÉO. – Il le faut en effet, et c'est pour cela que je suis venu ici... Bon jeune homme, ne tente pas un désespéré, sauve-toi d'ici et laisse-moi...

Montrant les tombeaux.

Songe à tous ces morts, et recule épouvanté... Je t'en supplie, jeune homme, ne charge pas ma tête d'un péché

---

52. **Matrice de la mort :** ventre de la mort.
53. **Tes lèvres pourries :** ton horrible mâchoire.
54. **Impie :** qui ne respecte pas les choses sacrées.

nouveau en me poussant à la fureur... Oh ! va-t'en. Par le ciel, je t'aime plus que moi-même, car c'est contre moi-même que je viens ici armé. Ne reste pas, va-t'en ; vis, et dis plus tard que la pitié d'un furieux t'a forcé de fuir.

Pâris, *l'épée à la main*. – Je brave ta commisération[55], et je t'arrête ici comme félon[56].

Roméo. – Tu veux donc me provoquer ? Eh bien, à toi, enfant !

Ils se battent.

Le Page. – Ô ciel ! ils se battent : je vais appeler le guet[57].

Il sort en courant.

Pâris, *tombant*. – Oh ! je suis tué !... Si tu es généreux, ouvre le tombeau et dépose-moi près de Juliette.

Il expire.

Roméo. – Sur ma foi, je le ferai.

Se penchant sur le cadavre.

Examinons cette figure : un parent de Mercutio, le noble comte Pâris ! Que m'a donc dit mon valet ? Mon âme, bouleversée, n'y a pas fait attention... Nous étions à cheval... Il me contait, je crois, que Pâris devait épouser Juliette. M'a-t-il dit cela, ou l'ai-je rêvé ? Ou, en l'entendant parler de Juliette, ai-je eu la folie de m'imaginer cela ?

Prenant le cadavre par le bras.

Oh ! donne-moi ta main, toi que l'âpre adversité a inscrit comme moi sur son livre[58] ! Je vais t'ensevelir dans un

---

55. Ta commisération : ta pitié.
56. Félon : traître.
57. Le guet : la sentinelle.
58. Toi que l'âpre adversité [...] livre : tu es inscrit comme moi sur le livre du malheur.

tombeau triomphal... Un tombeau ? Oh ! non, jeune victime, c'est un louvre[59] splendide, car Juliette y repose, et sa beauté fait de ce caveau une salle de fête illuminée.

Il dépose Pâris dans le monument.

Mort, repose ici, enterré par un mort. Que de fois les hommes à l'agonie ont eu un accès de joie, un éclair avant la mort, comme disent ceux qui les soignent... Ah ! comment comparer ceci à un éclair ?

Contemplant le corps de Juliette.

Ô mon amour ! ma femme ! La mort qui a sucé le miel de ton haleine n'a pas encore eu de pouvoir sur ta beauté : elle ne t'a pas conquise ; la flamme de la beauté est encore toute cramoisie[60] sur tes lèvres et sur tes joues, et le pâle drapeau de la mort n'est pas encore déployé là...

Allant à un autre cercueil.

Tybalt ! te voilà donc couché dans ton linceul sanglant ! Oh ! que puis-je faire de plus pour toi ? De cette même main qui faucha ta jeunesse, je vais abattre celle de ton ennemi. Pardonne-moi, cousin.

Revenant sur ses pas.

Ah ! chère Juliette, pourquoi es-tu si belle encore ? Dois-je croire que le spectre de la Mort est amoureux et que l'affreux monstre décharné te garde ici dans les ténèbres pour te posséder !... Horreur ! Je veux rester près de toi, et ne plus sortir de ce sinistre palais de la nuit ; ici, ici, je veux rester avec ta chambrière[61], la vermine[62] ! Oh !

59. Un louvre : un palais.
60. Cramoisie : rouge.
61. Chambrière : domestique.
62. La vermine : les vers qui t'accompagnent.

c'est ici que je veux fixer mon éternelle demeure et soustraire au joug[63] des étoiles ennemies cette chair lasse du monde...

Tenant le corps embrassé.

Un dernier regard, mes yeux ! bras, une dernière étreinte ! et vous, lèvres, vous, portes de l'haleine, scellez par un baiser légitime un pacte indéfini avec le sépulcre accapareur[64] !

Saisissant la fiole.

Viens, amer conducteur[65], viens, âcre guide. Pilote désespéré, vite ! lance sur les brisants[66] ma barque épuisée par la tourmente ! À ma bien-aimée !

Il boit le poison.

Oh ! l'apothicaire ne m'a pas trompé : ses drogues sont actives... Je meurs ainsi... sur un baiser !

Il expire en embrassant Juliette.

Frère Laurence paraît à l'autre extrémité du cimetière, avec une lanterne, un levier et une bêche.

LAURENCE. – Saint François me soit en aide ! Que de fois cette nuit mes vieux pieds se sont heurtés à des tombes !

Il rencontre Balthazar étendu à terre.

Qui est là ?

BALTHAZAR, *se relevant.* – Un ami ! quelqu'un qui vous connaît bien.

LAURENCE, *montrant le tombeau des Capulets.* – Soyez béni !... Dites-moi, mon bon ami, quelle est cette torche là-bas

63. Joug : emprise, domination.
64. Un pacte [...] accapareur : un pacte éternel avec la mort rapace.
65. Conducteur : passeur qui mène à la mort.
66. Les brisants : les écueils sur lesquels les vagues se brisent.

qui prête sa lumière inutile aux larves et aux crânes sans yeux ? Il me semble qu'elle brûle dans le monument des Capulets.

BALTHAZAR. – En effet, saint prêtre ; il y a là mon maître, quelqu'un que vous aimez.

LAURENCE. – Qui donc ?

BALTHAZAR. – Roméo.

LAURENCE. – Combien de temps a-t-il été là ?

BALTHAZAR. – Une grande demi-heure.

LAURENCE. – Viens avec moi au caveau.

BALTHAZAR. – Je n'ose pas, messire. Mon maître croit que je suis parti ; il m'a menacé de mort en termes effrayants, si je restais a épier ses actes.

LAURENCE. – Reste donc, j'irai seul... L'inquiétude me prend : oh ! je crains bien quelque malheur.

BALTHAZAR. – Comme je dormais ici sous cet if, j'ai rêvé que mon maître se battait avec un autre homme et que mon maître le tuait.

LAURENCE, *allant vers le tombeau.* – Roméo !

Dirigeant la lumière de sa lanterne sur l'entrée du tombeau.

Hélas ! hélas ! quel est ce sang qui tache le seuil de pierre de ce sépulcre ? Pourquoi ces épées abandonnées et sanglantes projettent-elles leur sinistre lueur sur ce lieu de paix ?

Il entre dans le monument.

Roméo ! Oh ! qu'il est pâle !... Quel est cet autre ? Quoi, Pâris aussi ! baigné dans son sang ! Oh ! quelle heure cruelle est donc coupable de cette lamentable catastrophe ?...

Éclairant Juliette.

Elle remue !

Juliette s'éveille et se soulève.

JULIETTE. – Ô frère charitable, où est mon seigneur ? Je me rappelle bien en quel lieu je dois être : m'y voici… Mais où est Roméo ?

Rumeur au loin.

LAURENCE. – J'entends du bruit… Ma fille, quitte ce nid de mort, de contagion, de sommeil contre nature. Un pouvoir au-dessus de nos contradictions[67] a déconcerté nos plans. Viens, viens, partons ! Ton mari est la gisant sur ton sein, et voici Pâris. Viens, je te placerai dans une communauté de saintes religieuses ; pas de questions ! le guet arrive… Allons, viens, chère Juliette.

La rumeur se rapproche.

Je n'ose rester plus longtemps.

Il sort du tombeau et disparaît.

JULIETTE. – Va, sors d'ici, car je ne m'en irai pas, moi. Qu'est ceci ? Une coupe qu'étreint la main de mon bien-aimé ? C'est le poison, je le vois, qui a causé sa fin prématurée. L'égoïste ! il a tout bu ! il n'a pas laissé une goutte amie pour m'aider à le rejoindre !… Je veux baiser tes lèvres ; peut-être y trouverai-je un reste de poison dont le baume me fera mourir…

Elle l'embrasse.

Tes lèvres sont chaudes !

PREMIER GARDE, *derrière le théâtre.* – Conduis-nous, page… De quel côté ?

---

67. Un pouvoir au-dessus de nos contradictions : un pouvoir que l'on ne peut contrarier.

JULIETTE. – Oui, du bruit ! Hâtons-nous donc !

Saisissant le poignard de Roméo.

Ô heureux poignard ! voici ton fourreau[68]...

Elle se frappe.

Rouille-toi là et laisse-moi mourir !

Elle tombe sur le corps de Roméo et expire.

Entre le guet, conduit par le page de Pâris.

LE PAGE, *montrant le tombeau.* – Voilà l'endroit, là où la torche brûle.

PREMIER GARDE, *à l'entrée du tombeau.* – Le sol est sanglant. Qu'on fouille le cimetière. Allez plusieurs et arrêtez qui vous trouverez.

Des gardes sortent.

Spectacle navrant ! Voici le comte assassiné... et Juliette en sang !... chaude encore !... morte il n'y a qu'un moment, elle qui était ensevelie depuis deux jours !... Allez prévenir le prince, courez chez les Capulets, réveillez les Montagues... que d'autres aillent aux recherches.

D'autres gardes sortent.

Nous voyons bien le lieu où sont entassés tous ces désastres ; mais les causes qui ont donné lieu à ces désastres lamentables, nous ne pouvons les découvrir sans une enquête.

Entrent quelques gardes, ramenant Balthazar.

DEUXIÈME GARDE. – Voici le valet de Roméo, nous l'avons trouvé dans le cimetière.

PREMIER GARDE. – Tenez-le sous bonne garde jusqu'à l'arrivée du prince.

---

68. Fourreau : étui, c'est-à-dire ici la poitrine de Juliette.

Entre un garde, ramenant frère Laurence.

TROISIÈME GARDE. – Voici un moine qui tremble, soupire et pleure. Nous lui avons pris ce levier et cette bêche, comme il venait de ce côté du cimetière.

PREMIER GARDE. – Graves présomptions[69] ! Retenez aussi ce moine.

Le jour commence à poindre. Entrent le prince et sa suite.

LE PRINCE. – Quel est le malheur matinal qui enlève ainsi notre personne à son repos ?

Entrent Capulet, lady Capulet, et leur suite.

CAPULET. – Pourquoi ces clameurs qui retentissent partout ?

LADY CAPULET. – Le peuple dans les rues crie : Roméo !... Juliette !... Pâris ! et tous accourent, en jetant l'alarme, vers notre monument.

LE PRINCE. – D'où vient cette épouvante qui fait tressaillir nos oreilles ?

PREMIER GARDE, *montrant les cadavres.*

Mon souverain, voici le comte Pâris assassiné ; voici Roméo mort ; voici Juliette, la morte qu'on pleurait, chaude encore et tout récemment tuée.

LE PRINCE. – Cherchez, fouillez partout, et sachez comment s'est fait cet horrible massacre.

PREMIER GARDE. – Voici un moine, et le valet du défunt Roméo : ils ont été trouvés munis des instruments nécessaires pour ouvrir la tombe de ces morts.

---

69. **Graves présomptions :** cela est très suspect.

Capulet. – Ô ciel !... Oh ! vois donc, femme, notre fille est en sang !... Ce poignard s'est mépris[70]... tiens ! sa gaine est restée vide au flanc du Montague, et il s'est égaré dans la poitrine de ma fille !

Lady Capulet. – Mon Dieu ! ce spectacle funèbre est le glas[71] qui appelle ma vieillesse au sépulcre.

Entrent Montague et sa suite.

Le Prince. – Approche, Montague : tu t'es levé avant l'heure pour voir ton fils, ton héritier couché avant l'heure.

Montague. – Hélas ! mon suzerain, ma femme est morte cette nuit. L'exil de son fils l'a suffoquée de douleur ! Quel est le nouveau malheur qui conspire contre mes années ?

Le Prince, *montrant le tombeau.* – Regarde, et tu verras.

Montague, *reconnaissant Roméo.* – Ô mal appris ! Y a-t-il donc bienséance[72] à prendre le pas sur ton père dans la tombe ?

Le Prince. – Fermez la bouche aux imprécations[73], jusqu'à ce que nous ayons pu éclaircir ces mystères, et en connaître la source, la cause et l'enchaînement. Alors c'est moi qui mènerai votre deuil, et qui le conduirai, s'il le faut, jusqu'à la mort. En attendant, contenez-vous, et que l'affliction s'asservisse à la patience[74]... Produisez ceux qu'on soupçonne.

Les gardes amènent Laurence et Balthazar.

---

70. S'est mépris : s'est trompé de fourreau.
71. Glas : tintement des cloches lors des funérailles.
72. Y a-t-il donc bienséance : est-ce que cela se fait.
73. Imprécations : malédictions proférées.
74. Que l'affliction s'asservisse à la patience : que la douleur cède le pas à la patience.

Laurence. – Tout impuissant que j'ai été, c'est moi qui suis le plus suspect, puisque l'heure et le lieu s'accordent à m'imputer[75] cet horrible meurtre ! me voici, prêt à m'accuser et à me défendre, prêt à m'absoudre[76] en me condamnant.

Le Prince. – Dis donc vite ce que tu sais sur ceci.

Laurence. – Je serai bref : car le peu de souffle qui me reste ne suffirait pas à un récit prolixe[77]. Roméo, ici gisant, était l'époux de Juliette ; et Juliette, ici gisante, était la femme fidèle de Roméo. Je les avais mariés : le jour de leur mariage secret fut le dernier jour de Tybalt, dont la mort prématurée proscrivit[78] de cette cité le nouvel époux. C'était lui, et non Tybalt, que pleurait Juliette.

À Capulet.

Vous, pour chasser la douleur qui assiégeait votre fille, vous l'aviez fiancée et vous vouliez la marier de force au comte Pâris. Sur ce, elle est venue à moi, et, d'un air effaré m'a dit de trouver un moyen pour la soustraire à ce second mariage : sinon, elle voulait se tuer, là, dans ma cellule. Alors, sur la foi de mon art, je lui ai remis un narcotique[79] qui a agi, comme je m'y attendais, en lui donnant l'apparence de la mort. Cependant j'ai écrit à Roméo d'arriver, dès cette nuit fatale, pour aider Juliette à sortir de sa tombe empruntée, au moment où l'effet du breuvage cesserait. Mais celui qui était chargé de ma lettre, frère

---

75. M'imputer : m'attribuer.
76. M'absoudre : me pardonner.
77. Prolixe : développé, détaillé.
78. Proscrivit : bannit.
79. Un narcotique : un somnifère.

Jean, a été retenu par un accident, et me l'a rapportée hier soir. Alors tout seul, à l'heure fixée d'avance pour le réveil de Juliette, je me suis rendu au caveau des Capulets dans l'intention de l'emmener et de la recueillir dans ma cellule jusqu'à ce qu'il me fût possible de prévenir Roméo. Mais quand je suis arrivé, quelques minutes avant le moment de son réveil, j'ai trouvé ici le noble Pâris et le fidèle Roméo prématurément couchés dans le sépulcre. Elle s'éveille, je la conjure de partir et de supporter ce coup du ciel avec patience… Aussitôt un bruit alarmant me chasse de la tombe ; Juliette, désespérée, refuse de me suivre, et c'est sans doute alors qu'elle s'est fait violence à elle-même. Voilà tout ce que je sais. La nourrice était dans le secret de ce mariage. Si dans tout ceci quelque malheur est arrivé par ma faute, que ma vieille vie soit sacrifiée, quelques heures avant son épuisement, à la rigueur des lois les plus sévères.

Le Prince. – Nous t'avons toujours connu pour un Saint homme… Où est le valet de Roméo ? qu'a-t-il à dire ?

Balthazar. – J'ai porté à mon maître la nouvelle de la mort de Juliette ; aussitôt il a pris la poste, a quitté Mantoue et est venu dans ce cimetière, à ce monument. Là, il m'a chargé de remettre de bonne heure à son père la lettre que voici, et, entrant dans le caveau, m'a ordonné sous peine de mort de partir et de le laisser seul.

Le Prince, *prenant le papier que tient Balthazar.* – Donne-moi cette lettre, je veux la voir… Où est le page du comte, celui qui a appelé le guet ? Maraud, qu'est-ce que ton maître a fait ici ?

LE PAGE. – Il est venu jeter des fleurs sur le tombeau de sa fiancée et m'a dit de me tenir à l'écart, ce que j'ai fait. Bientôt un homme avec une lumière est arrivé pour ouvrir la tombe ; et, quelques instants après, mon maître a tiré l'épée contre lui ; et c'est alors que j'ai couru appeler le guet.

LE PRINCE, *jetant les yeux sur la lettre.* – Cette lettre confirme les paroles du moine... Voilà tout le récit de leurs amours... Il a appris qu'elle était morte ; aussitôt, écrit-il, il a acheté du poison d'un pauvre apothicaire et sur-le-champ s'est rendu dans ce caveau pour y mourir et reposer près de Juliette...

Regardant autour de lui.

Où sont-ils, ces ennemis ? Capulet ! Montague ! Voyez par quel fléau[80] le ciel châtie votre haine : pour tuer vos joies il se sert de l'amour !... Et moi, pour avoir fermé les yeux sur vos discordes, j'ai perdu deux parents. Nous sommes tous punis.

CAPULET. – Ô Montague, mon frère, donne-moi la main.

Il serre la main de Montague.

Voici le douaire[81] de ma fille ; je n'ai rien à te demander de plus.

MONTAGUE. – Mais moi, j'ai à te donner plus encore. Je veux dresser une statue de ta fille en or pur. Tant que Vérone gardera son nom, il n'existera pas de figure plus honorée que celle de la loyale et fidèle Juliette.

---

80. Fléau : punition divine.
81. Douaire : biens dont hérite une femme à la mort de son mari.
Capulet ne demande rien à Montague : la poignée de main remplace l'héritage.

CAPULET. – Je veux que Roméo soit auprès de sa femme dans la même splendeur : pauvres victimes de nos inimitiés[82] !

LE PRINCE. – Cette matinée apporte avec elle une paix sinistre, le soleil se voile la face de douleur. Partons pour causer encore de ces tristes choses. Il y aura des graciés et des punis. Car jamais aventure ne fut plus douloureuse que celle de Juliette et de son Roméo.

Tous sortent.

82. Nos inimitiés : nos haines.

QUESTIONS SUR L'ACTE V

AI-JE BIEN LU ?

1 **a.** Où l'action se déroule-t-elle dans l'acte V ?

☐ à Vérone ☐ à Mantoue ☐ à Palerme

b. Qu'annonce Balthazar à Roméo ?

☐ Il lui annonce que Juliette est heureuse.

☐ Il lui annonce que Juliette se marie avec Pâris.

☐ Il lui annonce que Juliette est morte.

c. Qu'a fait frère Jean ?

☐ Il a apporté la lettre prévenant Roméo du stratagème de frère Laurence.

☐ Il n'a pas pu apporter la lettre à cause de la peste qui sévit à Vérone.

☐ Il n'a pas pu apporter la lettre, car il a contracté la peste.

d. Qu'arrive-t-il à Juliette et à Roméo ?

☐ Ils meurent dans les bras l'un de l'autre.

☐ Ils meurent en combattant Pâris.

☐ Ils s'enfuient de Vérone.

2 Relie chaque sujet à la fin de la phrase qui lui correspond.

a. Balthazar •	• se bat en duel contre Roméo.
b. Frère Jean •	• se tue avec un poignard.
c. Pâris •	• s'empoisonne.
d. Roméo •	• tue Pâris.
e. Roméo •	• veut dresser une statue pour Roméo.
f. Juliette •	• veut ériger une statue en or de Juliette.
g. Montague •	• n'a pas apporté la lettre de frère Laurence à Roméo.
h. Capulet •	• annonce à Roméo que Juliette est morte.

CARNET DE LECTURE

J'ANALYSE LE TEXTE

Un enchaînement tragique

3 Dans les scènes 1, 2 et 3, les péripéties (rebondissements) s'enchaînent.

a. Résume-les en complétant le tableau suivant.

	lieux	**personnages**	**péripéties**
scène 1	....	Roméo, ...	....
scène 2	Chambre de frère Laurence	....	....
scène 3	....	....	Morts de ....

b. En quoi cet acte est-il surprenant et romanesque ?

INFO+

- La tragédie classique française (XVIIe siècle) est régie par la **règle des trois unités** (unités d'action, de temps, de lieu) : elle ne comporte qu'une seule intrigue, l'action se déroule en une journée et dans un seul lieu.
- Par **bienséance**, on ne représente pas sur scène de morts sanglantes.

4 En quoi la tragédie de Shakespeare diffère-t-elle de la tragédie classique française ?
Cite trois différences.

1. Plusieurs lieux (3)
2. Pas de bienséance car + sur scène.
3. ∅ unité d'action car plusieurs péripéties

La catastrophe finale

INFO+

- La **catastrophe** est la dernière péripétie qui précipite le dénouement.
- Le **dénouement** permet de démêler les fils de l'intrigue.
- Les personnages de tragédie ont un **destin funeste** : à la fin de la pièce, ils meurent ou sont en proie à la folie ou au désespoir.

5 Quel contretemps précipite la catastrophe finale ? (scène 2)

6 Identifie la figure de style qui annonce déjà le dénouement dans la réplique de frère Laurence : « Pauvre cadavre vivant, enfermé dans le sépulcre d'un mort ! » (l. 114-115).

7 **a.** Quel quiproquo conduit Roméo à boire le poison de l'apothicaire ?
Coche la bonne réponse.

☒ Roméo pense que Juliette est morte.
☐ Roméo pense que Juliette a été contrainte à épouser Pâris puis s'est donnée la mort.
☐ Roméo pense que la potion qu'il boit n'est qu'un somnifère.

b. Relève dans sa tirade les indices qui auraient pu lui faire découvrir que Juliette était vivante.

8 Relis la phrase prononcée par Roméo : « Un dernier regard, mes yeux ! bras, une dernière étreinte ! et vous, lèvres, vous, portes de l'haleine, scellez par un baiser légitime un pacte indéfini avec le sépulcre accapareur. »
Identifie dans cette phrase les procédés de l'écriture tragique :
– différents destinataires des paroles ;
– lexique de l'amour et de la mort, adjectif répété ;
– types de phrases.

Une histoire d'amour tragique et politique

9 **a.** Quels sont les derniers actes de Juliette ? (scène 3)

b. Comment les qualifierais-tu ?

☐ insensés
☒ passionnels
☐ incompréhensibles

c. Justifie ta réponse.

10 Quels gestes de réconciliation les chefs des deux familles décident-ils ?

11 Qui prononce la dernière réplique de la pièce ? Pourquoi, selon toi ?

JE FAIS LE BILAN

12 Complète les phrases-bilan à l'aide des mots suivants.

apothicaire | contretemps | désespère | macabre | politique | réconciliation | romanesque | spectaculaire | tragique

a. Les péripéties sont nombreuses dans le dernier acte qui revêt une dimension romanesque et spectaculaire. À cause d'un contretemps malheureux, Roméo croit Juliette morte et se rend dans son caveau.
b. La dernière scène est macabre et spectaculaire. Pâris provoque Roméo en duel et Roméo le tue. La vision de Juliette inanimée désespère Roméo qui décide alors de boire le poison acheté chez un apothicaire et meurt. Juliette se réveille et, après un dernier baiser, se poignarde.
c. Le dénouement est tragique et politique puisqu'il marque la réconciliation de deux familles ennemies.

JE FORMULE MES IMPRESSIONS

Je m'exprime à partir d'une image

Laura Proença (Juliette) et Paolo Bortoluzzi (Roméo) dans le ballet *Roméo et Juliette*, de Maurice Béjart créé au Cirque Royal à Bruxelles, en 1966.

13 Tu es le chorégraphe d'un ballet qui représente le mythe de Roméo et Juliette. Explique aux danseurs quels sentiments ils doivent traduire par la danse et par quels moyens.

AIDE

- Résume tes propres sentiments à la lecture de l'acte V : peur, déception, tristesse, admiration, effroi.
- Inspire-toi de l'image : observe l'attitude des danseurs, la position des corps, des mains.

J'ÉTUDIE LA LANGUE

Conjugaison : identifier le mode impératif

INFO+

- L'**impératif présent** se conjugue à trois personnes.
Ses terminaisons sont *-e*, *-ons*, *-ez* pour les verbes du 1er groupe et les verbes comme *ouvrir*, *offrir*...
Elles sont en *-s*, *-ons*, *-ez* pour les autres verbes.
Attention, le verbe *aller* est irrégulier : *va*, *allons*, *allez*.
- Ce mode exprime l'injonction (l'ordre), la prière, le souhait.

14 **a.** Dans les phrases suivantes, relève les verbes conjugués et indique leur temps, leur mode et leur personne.

- Frère Laurence : « Allons, viens, chère Juliette. »
- Juliette : « Va, sors d'ici, car je ne m'en irai pas, moi. »

	verbes	**temps**	**modes**	**personnes**
1	• .... •	• .... •	• .... •	• .... • ....
2	• .... • .... •	• .... • .... •	• .... • .... •	• .... • .... • ....

b. Justifie leur emploi.

JE ME DOCUMENTE

Les amants maudits en littérature

15 Choisis un couple mythique dans la liste suivante et résume son histoire d'amour et les obstacles rencontrés :
Orphée et Eurydice ; Tristan et Yseult ; Roxane et Cyrano ; Philémon et Baucis ; Hector et Andromaque.

JE COMPARE DEUX IMAGES

Image 1

Milton Hebald, *Romeo and Juliet*, 1978. Sculpture en bronze installée à l'entrée du Delacorte Theater (théâtre en plein air), haute de 2,1 mètres. New York (États-Unis), Central Park.

16 **a.** Que représente la première image ?
b. Cite au moins deux passages de la pièce avec lesquels elle entre en résonance.

Image 2

Auguste Rodin (1840-19717), *Roméo et Juliette*, 1905. Sculpture en marbre, 68 × 51 × 36 cm. Saint-Pétersbourg, Musée de l'Ermitage.

17 **a.** Compare cette statue avec celle de Milton Hebald. Quelles sont les différences ?

b. Laquelle préfères-tu ? Justifie ta réponse.

POUR ALLER PLUS LOIN

JE FAIS LE BILAN

1 Complète la grille avec les mots correspondant aux définitions.

Verticalement

1. Plan fondé sur la ruse.

2. Pièce de théâtre à l'issue fatale ou funeste.

3. Synonyme du mot « tombeau ».

4. Récipient en verre pouvant contenir du poison.

Horizontalement

1. Personnage qui prend soin de Juliette dès l'enfance.

2. Personnage/texte qui annonce l'action à venir de la pièce.

3. Attaque à l'épée commençant par la lettre « b ».

4. Synonyme du mot « bannissement ».

5. Synonyme du mot « dispute ».

6. Avenir tout tracé, que l'on ne peut changer.

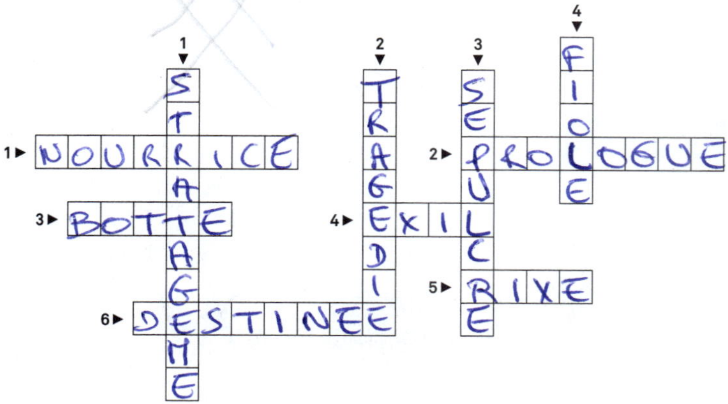

CARNET DE LECTURE

2 Dans chaque liste de mots, barre l'intrus.

a. amour | passion | perplexité | trouble | émoi

b. insensée | déraisonnable | prudente | délirante

c. effroi | terreur | frayeur | calme

d. tombeau | caveau | sépulcre | autel

e. sort | exil | fortune | malédiction

3 Relie chaque phrase à son auteur.

a. « Pauvres victimes de nos inimitiés » (acte V) •

b. « Je veux dresser une statue de ta fille en or pur. » (acte V) •

c. « J'ai escaladé ces murs sur les ailes légères de l'amour. » (acte II) •

d. « Ô Roméo ! Roméo ! pourquoi es-tu Roméo ? » (acte II) •

e. « Sujets rebelles, ennemis de la paix ! » (acte I) •

• Capulet
• Juliette
• Le Prince
• Montague
• Roméo

Shailene Woodley (dans le rôle d'Hazel Grace Lancaster) et Ansel Elgort (dans le rôle d'Augustus « Gus » Waters), dans *Nos étoiles contraires* (2014), film de Josh Boone.

Comment parler d'amour ?

Dire l'amour à demi-mots

• Comment dire l'amour dans toute sa complexité ?
Au théâtre comme en poésie, les auteurs puisent dans les ressources de la rhétorique et de la dramaturgie pour traduire au plus près ce qui ne se dit qu'à demi-mots ou ce que certains chantent à tue-tête.

• Lorsque l'amour rencontre des obstacles d'ordre politique, social, moral, ou autre, l'aveu des sentiments semble indicible et emprunte des voies détournées : il faut alors le faire deviner ou le chuchoter.

Dire l'amour sans le dire

• Au XVIIe siècle, Pierre Corneille écrit *Le Cid*. La tragédie met en scène Chimène et Rodrigue, deux amants dont le code de l'honneur empêche l'union. Rodrigue tue le père de Chimène lors d'un duel pour venger l'offense faite à son père. Dès lors, comment les jeunes gens peuvent-ils encore s'aimer et se le dire ? Ils s'avouent de manière détournée leur amour en employant des figures de rhétorique comme la litote qui consiste à exprimer avec retenue un sentiment.

Camille Cottin (Chimène) et Nicolas Martinez (Rodrigue) dans *Le Cid* (2009), mise en scène de Bénédicte Budan, au théâtre Silvia Monfort.

Extrait du *Cid* (1637) de Pierre Corneille

Chimène demande au roi de punir Rodrigue pour venger la mort de son père tué en duel par son amant. Le soir-même, Rodrigue rend visite à Chimène et lui tend son épée pour qu'elle lui donne la mort de ses propres mains...

CHIMÈNE

[...]
Si tu m'offres ta tête, est-ce à moi de la prendre ?
Je la dois attaquer, mais tu dois la défendre ;
C'est d'un autre que toi qu'il me faut l'obtenir,
Et je dois te poursuivre[1], et non pas te punir. [...]

DON RODRIGUE

[...]
Au nom d'un père mort, ou de notre amitié[2],
Punis-moi par vengeance, ou du moins par pitié.
Ton malheureux amant aura bien moins de peine
À mourir par ta main qu'à vivre avec ta haine.

CHIMÈNE

Va, je ne te hais point.

DON RODRIGUE

Tu le dois.

CHIMÈNE

Je ne puis.

Pierre Corneille (1606-1684), *Le Cid* (1637), acte III, scène 4.

1. **Te poursuivre :** te poursuivre en justice.
2. **Amitié :** « amour » au XVIIe siècle.

▸ QUESTIONS SUR LE TEXTE ET L'IMAGE

1. a. Indique le sens de la litote : « Va je ne te hais point ».
b. Pourquoi Chimène n'exprime-t-elle pas directement ses sentiments ?
2. Sur la photo (p. 206), comment les comédiens traduisent-ils un amour impossible (posture, expression) ?

Murmurer son amour

• Au théâtre, l'aveu amoureux se déclare parfois « doucement » à la faveur d'une obscurité libératrice.

• Dans la pièce de Shakespeare, Roméo et Juliette échangent leurs premiers mots d'amour dans la scène dite « du balcon ». La mise en scène de l'espace dramaturgique est importante, car le balcon soustrait Juliette à la surveillance de sa nourrice et de sa famille tandis que la nuit protège Roméo du danger et de la difficulté à avouer ce qu'il ressent. Paradoxalement, il joue sur la métaphore de la lumière pour dire combien Juliette éclaire sa destinée.

• Au XIXe siècle, Edmond Rostand écrit une nouvelle scène du balcon dans *Cyrano de Bergerac*. Cyrano est un personnage brave et éloquent, mais pourvu d'un nez disgracieux. Il aime en secret sa cousine Roxane, elle-même éprise d'un bellâtre sans esprit, nommé Christian. Sous le balcon, Cyrano dicte à Christian tous les mots d'amour destinés à Roxane jusqu'à finalement prendre sa place. Roxane tombe littéralement amoureuse des mots que lui murmure Cyrano, sans voir son visage.

— Extrait de *Cyrano de Bergerac* (1897) d'Edmond Rostand

Cyrano, enlaidi par un long nez, n'ose avouer son amour à Roxane, éprise du beau Christian. Un soir, Christian et lui se trouvent sous le balcon de Roxane et déclarent leur flamme...

CYRANO, *tirant Christian sous le balcon et se glissant à sa place.*

Chut ! Cela devient trop difficile !...

ROXANE

Aujourd'hui...
Vos mots sont hésitants. Pourquoi ?

CYRANO, *parlant à mi-voix, comme Christian.*
C'est qu'il fait nuit,
Dans cette ombre, à tâtons, ils cherchent votre oreille. [...]

ROXANE, *lui montrant le banc qui est sous le balcon.*
Grimpez sur le banc, alors, vite !

CYRANO, *reculant avec effroi dans la nuit.*
Non !

ROXANE
Comment... non ?

CYRANO, *que l'émotion gagne de plus en plus.*
Laissez un peu que l'on profite...
De cette occasion qui s'offre... de pouvoir
Se parler doucement, sans se voir.

ROXANE
Sans se voir ?

CYRANO
Mais oui, c'est adorable. On se devine à peine.
Vous voyez la noirceur d'un long manteau qui traîne,
J'aperçois la blancheur d'une robe d'été
Moi je ne suis qu'une ombre, et vous qu'une clarté !
Vous ignorez pour moi ce que sont ces minutes !

Edmond Rostand (1868-1918),
Cyrano de Bergerac (1897), acte III, scène 7.

► QUESTIONS SUR LE TEXTE

1. Relis les didascalies, en italique. Qu'apprends-tu sur les sentiments de Cyrano et sur sa manière de se déclarer à Roxane ?
2. Cyrano a-t-il un espoir d'être aimé de Roxane ? Pour répondre, identifie deux oppositions dans la dernière réplique.
3. Pourquoi, selon toi, Cyrano se cache-t-il dans la nuit pour déclarer son amour ?

Photogramme du film *Cyrano de Bergerac* (1990) de Jean-Paul Rappeneau

Cyrano mourant vient d'avouer qu'il avait dicté les mots d'amour de Christian. Roxane comprend trop tard que c'est Cyrano qu'elle aimait.

Anne Brochet et Gérard Depardieu dans le film *Cyrano de Bergerac* (1990), de Jean-Paul Rappeneau.

▸ QUESTIONS SUR L'IMAGE

1. Décris l'image. Qu'est-ce qui exprime l'amour réciproque des personnages dans leurs postures et leurs gestes ?

2. a. Ont-ils besoin de se parler pour exprimer leur amour ?

b. Comment leurs gestes et attitudes traduisent-ils leurs sentiments ?

3. Si tu étais réalisateur, quels conseils de jeu donnerais-tu aux acteurs après l'aveu de Cyrano (posture, geste de surprise, de déception, paroles) ?

Figurer l'amour : les images de la passion

Les images traditionnelles de l'amour éternel

• L'une des premières images de l'amour est une allégorie : l'amour est représenté comme une personne. Dans la mythologie grecque, le dieu de l'amour, Eros (de son nom latin Cupidon), a l'apparence d'un jeune garçon doté d'un carquois qui perce de ses flèches le cœur des futurs amoureux.

• Le poète latin Ovide (43 av. J.-C.-17 ap. J.-C.) offre des métaphores de l'amour dans un long poème inspiré de la mythologie, *Les Métamorphoses*. Il y raconte notamment l'histoire de *Pyrame et Thisbé*. Ces deux jeunes gens, comme les héros de Shakespeare, voient leurs familles s'opposer à leur amour. Un soir, ils se donnent un rendez-vous en cachette sous un mûrier aux fruits blancs. Thisbé, arrivée la première, attend Pyrame. À ce moment, une lionne, la gueule encore ensanglantée d'une proie qu'elle a dévorée, vient s'abreuver à la rivière proche. Apeurée, Thisbé s'enfuit et perd son écharpe. La lionne aperçoit l'écharpe, la déchiquette puis s'en va. Lorsque Pyrame arrive, à la vue du tissu taché de sang, il croit sa bien-aimée morte et se tue sous le mûrier dont les fruits se teignent en un rouge éclatant, couleur de la passion. Quand Thisbé découvre son amant mort, elle prie l'arbre pour que ses fruits deviennent noirs, couleur de deuil et métaphore de l'amour tragique.

• La légende de Pyrame et Thisbé a inspiré de nombreuses œuvres artistiques dont une fresque retrouvée à Pompéi, reproduite à la page suivante.

• Les métaphores amoureuses sont utilisées et réutilisées au cours des siècles et deviennent des figures littéraires qui permettent au lecteur de saisir la force des sentiments.

Fresque représentant le mythe de Pyrame et Thisbé, maison d'Octavius Quartio à Pompéi (également appelée maison de Loreio Tiburtino), Ier siècle ap. J.-C.

Au Moyen Âge, la poétesse Marie de France, première femme écrivaine française, conte, dans de courts récits en vers appelés « lais », des aventures d'amour chevaleresque inspirées des légendes bretonnes. Dans le « Lai du chèvrefeuille », elle utilise une métaphore végétale pour exprimer l'amour.

Au XVIe siècle, le poète Ronsard (1524-1585), dans un recueil de sonnets intitulé *Les Amours*, exploite les métaphores issues de la mythologie, par exemple celle de la flèche qui inflige la blessure amoureuse. Dans le sonnet « Comme un chevreuil » (1552), il se compare à un chevreuil blessé par la flèche d'un chasseur, de même qu'il a été blessé par l'œil de sa bien-aimée, dès son premier regard.

Extrait du « Chèvrefeuille » de Marie de France (XIIe s.)

Tristan, séparé d'Iseut, apprend que celle-ci doit traverser la forêt où il s'est caché. Elle est suivie de son cortège royal. Il guette son passage…

Sur le chemin que le cortège, il le savait, devait emprunter, il coupe par le milieu une tige de coudrier[1] qu'il équarrit en la taillant[2]. Quand il a enlevé l'écorce du bâton, à l'aide de son couteau il y grave son nom. Si la reine remarque le signal, […] elle reconnaîtra bien, dès qu'elle le verra, le bâton préparé par son ami. Voici le sens fondamental du message écrit sur le bâton : Tristan voulait lui apprendre et lui dire qu'il était resté longtemps dans la forêt à attendre pour épier et connaître le moyen de la revoir, car il ne pouvait vivre sans elle. Il en était d'eux comme du chèvrefeuille qui s'enroule autour du coudrier : une fois qu'il s'y est enlacé et qu'il s'est enroulé tout autour de la tige, s'ils restent unis, ils peuvent bien subsister, mais ensuite si on veut les séparer, le coudrier meurt aussitôt et le chèvrefeuille aussi. « Belle amie, ainsi en est-il de nous : ni vous sans moi, ni moi sans vous ! »

Marie de France (1154-1189), extrait du « Chèvrefeuille » (vers 1180), dans *Les Lais de Marie de France*, traduits de l'ancien français par Pierre Jonin,© Éditions Honoré Champion, 1978.

1. **Coudrier :** noisetier.
2. **Il équarrit en la taillant :** il taille en carré.

▸ QUESTIONS SUR LE TEXTE

1. a. Fais une recherche rapide : qui sont Tristan et Iseut ?
b. Pourquoi leur amour est-il si puissant ?
2. Comment le lien indéfectible qui unit les amants est-il exprimé dans le texte ?
Pour répondre, appuie-toi :
- sur la comparaison finale ;
- sur le champ lexical associé à cette comparaison ;
- sur le jeu des pronoms personnels, que tu commenteras.

Les métaphores contemporaines de l'amour infini

• Chaque époque renouvelle la manière de figurer l'amour. Au XXe siècle, les artistes surréalistes écrivains, poètes ou peintres se libèrent des contraintes de la raison et célèbrent l'amour en créant des images insolites.

André Breton, fondateur du mouvement, exprime ainsi une nouvelle perception du monde et de la femme aimée, par exemple, dans le poème *Union libre*, dont voici les trois premiers vers :

Ma femme à la chevelure de feu de bois
Aux pensées d'éclairs de chaleur
À la taille de sablier

André Breton (1896-1966), « Union libre »
in *Clair de terre*, © Éditions Gallimard, 1931.

Breton est suivi par de nombreux écrivains et artistes, comme le peintre René Magritte avec sa série *Les Amants*.

Tableau *Les Amants* de René Magritte (1928)

René Magritte (1898-1967), *Les Amants* (1928), huile sur toile, 54 × 73,4 cm. New York, Moma, collection Richard. S. Zeisler.

► RETROUVE CETTE IMAGE EN COULEUR SUR LE RABAT DE COUVERTURE

▸ QUESTIONS SUR L'IMAGE

1. a. Qui est Magritte ?

b. Connais-tu d'autres œuvres de ce peintre ? Lesquelles ?

2. a. Décris les personnages représentés sur le tableau.

b. Quels éléments te paraissent surprenants ?

3. Quelles métaphores de l'amour peut représenter ce baiser voilé ?

• En 2012, l'auteur américain de *Nos étoiles contraires*, John Green, imagine des Roméo et Juliette séparés non par leurs familles, mais par la maladie. La métaphore de leur amour éternel est empruntée aux mathématiques.

Extrait de *Nos étoiles contraires* de John Green (2012)

Ayant appris que son cancer ne lui laisse que peu de temps à vivre, Augustus écrit avec Hazel, sa bien-aimée, son éloge funèbre qu'Hazel prononce devant lui lors d'une cérémonie de « préfunérailles ».

Je m'appelle Hazel. Augustus Waters était le grand amour maudit de ma vie. Notre histoire d'amour fut épique, et je doute de pouvoir en dire le moindre mot sans fondre en larmes. [...]

Comme je ne peux pas parler de notre histoire d'amour, je vais parler de maths. Je ne suis pas très forte en maths, mais je sais une chose : il existe des nombres infinis entre 0 et 1. Il y a par exemple : 0,1 et 0,12 et 0,112 et toute une ribambelle d'autres nombres infinis. Évidemment, l'ensemble de nombres infinis compris entre 0 et 2 ou 0 et 1 000 000 est beaucoup plus important que celui compris entre 0 et 1. Certains infinis sont plus vastes que d'autres [...] Gus[1], mon amour, je ne te dirai jamais assez combien je te suis reconnaissante de notre petite infinité. Je ne l'échangerai pas pour tout l'or du monde. Tu m'as offert l'éternité dans un nombre de jours limité, et j'en suis heureuse.

John Green (né en 1977), *Nos étoiles contraires (The Fault in Our Stars)*,
 Traduction de Catherine Gilbert.

1. Gus : diminutif affectueux de Augustus.

► QUESTIONS SUR LE TEXTE

1. Que signifie « épique » ? Explique l'expression « histoire d'amour épique » utilisée par Hazel.

2. a. Explique la métaphore mathématique qui définit l'amour de Hazel et Augustus.

b. Selon toi, peut-on appliquer cette métaphore à l'histoire de Roméo et Juliette ?

Dessiner l'amour

• En poésie, l'amour peut se formuler et se dessiner en même temps dans un poème à la mise en page singulière : le calligramme. Les vers libres d'un poème sont disposés de manière à dessiner.

— *Calligramme* de Guillaume Apollinaire (créé en 1914)

De 1914 à 1915, Louise de Coligny inspira au poète Apollinaire un amour fou qu'il exprima dans une forme poétique originale : le calligramme.

Texte du calligramme :
FLÈCHE SAIGNANTE
je porte au cœur
une blessure ardente
et elle me vient de toi
[ma Lou
LOU M'A PERCÉ le cœur
et j'aime Lou

Guillaume Apollinaire (1880-1918), extrait de « De toi depuis longtemps », in *Poèmes à Lou*, © Éditions Gallimard, 1969.

► QUESTIONS SUR LE CALLIGRAMME

1. a. Quel dessin le calligramme représente-t-il ?

b. Quel moment de l'amour est évoqué ?

2. Lis le texte. Quelle métaphore rend compte de l'intensité du sentiment amoureux ?

Proclamer son amour

Affirmer son amour

• L'amour se dit sur tous les tons. Il peut se crier jusqu'au dernier souffle comme dans *Hernani* de Victor Hugo lorsque Dona Sol proclame son amour pour le paria Hernani : « Il dort. C'est mon époux, vois-tu. Nous nous aimons. Nous sommes couchés là. C'est notre nuit de noces. » Sa réplique sonne comme un défi à Don Ruy Gomez à qui Dona Sol est promise. Elle scelle dans le marbre l'existence de cet amour impossible aux yeux de la société. Affirmer ainsi son amour, c'est donc le rendre public, le revendiquer aux yeux de l'autre et de tous, comme le baiser flamboyant du peintre Gustav Klimt.

— *Le Baiser* (1909) de Gustav Klimt

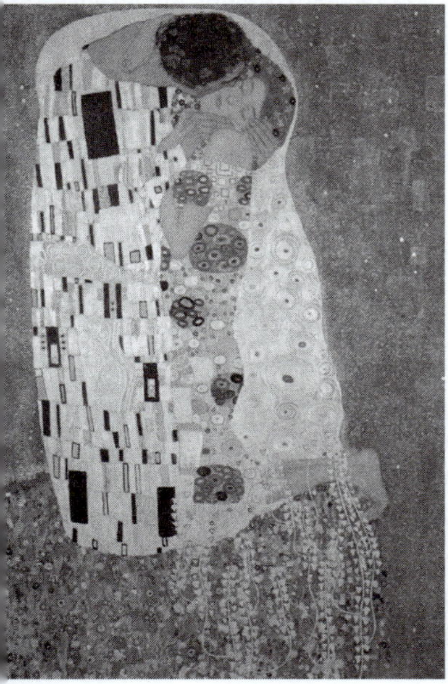

► RETROUVE CETTE IMAGE EN COULEUR SUR LE RABAT DE COUVERTURE

Gustav Klimt (1808-1809), *Le Baiser* (1909).
Huile et feuille d'or, 80 × 80 cm.
Palais du Belvédère, Vienne (détail).

► QUESTIONS SUR L'IMAGE

1. a. Décris le tableau.

b. Comment les silhouettes des personnages traduisent-elles l'amour qui les lie ?

2. Qu'expriment les couleurs flamboyantes de l'œuvre ?

Chanter l'amour

• On peut proclamer son amour de manière tragique ou dans l'exultation lyrique du chant. Le mot « lyrisme » a pour radical « la lyre », un instrument de musique rendu célèbre grâce à Orphée, figure mythique du poète qui charme la nature tout entière par le son de sa lyre. Le lyrisme amoureux est une manière de dire l'amour en alliant les images et la musicalité des mots. Il parcourt les siècles en prenant des formes poétiques diverses.

• Au XXe siècle, dans le sillage du mouvement surréaliste, les poètes Paul Éluard et Louis Aragon célèbrent la femme aimée. Pour eux, l'amour est générateur de poésie tandis que l'absence d'amour plonge le poète dans la nuit, le froid, l'enfermement, la mort. Paul Éluard a écrit *Capitale de la douleur* en l'honneur de Gala, sur le point de le quitter. Le recueil retrace l'amour et les souffrances qu'il a vécus avec elle. Louis Aragon, quant à lui, a dédié sa poésie amoureuse à Elsa Triolet, la compagne de sa vie. Le chanteur Jean Ferrat a mis en chanson quatre strophes du poème « Prose du bonheur d'Elsa » d'où est extraite la strophe « Que serais-je sans toi », citée plus bas.

— Extraits du poème « Celle de toujours, toute » (1926) de Paul Éluard

Je chante la grande joie de te chanter,
La grande joie de t'avoir ou de ne pas t'avoir,
La candeur de t'attendre, l'innocence de te connaître,
Ô toi qui supprimes l'oubli, l'espoir et l'ignorance,
Qui supprimes l'absence et qui me mets au monde,
Je chante pour chanter, je t'aime pour chanter
Le mystère où l'amour me crée et se délivre.
Tu es pure, tu es encore plus pure que moi-même.

Paul Éluard (1895-1952), « Celle de toujours, toute »,
in *Capitale de la douleur*, © Éditions Gallimard, 1926.

Extrait du poème « Prose du bonheur d'Elsa » (1956) de Louis Aragon

Que serais-je sans toi qui vins à ma rencontre
Que serais-je sans toi qu'un cœur au bois dormant
Que cette heure arrêtée au cadran de la montre
Que serais-je sans toi que ce balbutiement

Louis Aragon (1897-1982), « Prose du bonheur et d'Elsa »,
in *Le Roman inachevé*, © éd. Gallimard © Aragon, 1956.

► QUESTIONS SUR LES POÈMES D'ÉLUARD ET D'ARAGON

1. Quels sentiments les poètes expriment-ils ?

2. Comment l'amour est-il chanté ? Relève les répétitions de mots.

3. Qu'apporte au poète la femme aimée ?

Scander l'amour

• Dans certains poèmes, l'amour est exprimé de manière très rythmée. Les répétitions de sons, de mots, de groupes de mots font office de métronome ou d'instruments marquant le tempo.
Par exemple, le poète Léopold Sédar Senghor, né au Sénégal, nourrit son œuvre des rythmes et des chants de l'Afrique. Il traduit ainsi la beauté d'une femme et du continent africain.

Extrait du poème « Femme noire » (1945) de Léopold Sédar Senghor

Femme nue, femme noire
Vêtue de ta couleur qui est vie, de ta forme qui est beauté !
J'ai grandi à ton ombre ; la douceur de tes mains bandait mes yeux
Et voilà qu'au cœur de l'Été et de Midi, je te découvre,
Terre promise, du haut d'un haut col calciné
Et ta beauté me foudroie en plein cœur, comme l'éclair d'un aigle.
[...]

Femme nue, femme noire
Je chante ta beauté qui passe, forme que je fixe dans l'Éternel
Avant que le Destin jaloux ne te réduise en cendres pour nourrir les racines de la vie.

Léopold Sédar Senghor (1906-2001), « Femme noire »,
Chants d'ombre (1945), in *Œuvre poétique*,

▸ QUESTIONS SUR LE POÈME

1. Quel vers fait office de refrain ?

2. Explique le vers « Je chante ta beauté qui passe, forme que je fixe dans l'Éternel ».

3. Qui est la destinataire du poème selon toi : une femme, l'Afrique ou les deux ? Justifie ta réponse.

• L'amour est scandé au XXe siècle par des artistes qui écrivent du slam, une forme poétique orale qui se dit sur une scène ouverte. Le genre est marqué par un rythme et une prononciation appuyée dite « claquée ». En France, l'artiste Grand Corps Malade, par exemple, slame l'amour dans « Roméo kiffe Juliette ». Dans le clip du slam, la danse urbaine vient d'ailleurs accompagner et appuyer le rythme de cette poésie urbaine.

Extrait de « Roméo kiffe Juliette » (2010) de Grand Corps Malade

Roméo kiffe Juliette et Juliette kiffe Roméo
Et si le ciel n'est pas clément tant pis pour la météo
Un amour dans l'orage, celui des dieux, celui des hommes
Un amour, du courage et deux enfants hors des normes
Juliette et Roméo se voient souvent en cachette
Ce n'est pas qu'autour d'eux les gens pourraient se moquer
C'est que le père de Juliette a une kippa sur la tête
Et celui de Roméo va tous les jours à la mosquée

Alors ils mentent à leurs familles, ils s'organisent comme des pros
[...]
Mais Juliette et Roméo changent l'histoire et se tirent
À croire qu'ils s'aiment plus à la vie qu'à la mort
Pas de fiole de cyanure, n'en déplaise à Shakespeare
Car l'amour a ses horizons que les poisons ignorent
Roméo kiffe Juliette et Juliette kiffe Roméo
Et si le ciel n'est pas clément tant pis pour la météo
Un amour dans un orage réactionnaire et insultant
Un amour et deux enfants en avance sur leur temps.

Grand Corps Malade, « Roméo kiffe Juliette »,
paroles de Fabien Marsaud

► QUESTIONS SUR LE SLAM

1. a. Relève les mots familiers et explique-les.
b. Quel effet leur présence produit-elle ?
2. a. Résume l'histoire de Roméo et Juliette réécrite par Grand Corps Malade.
b. Est-ce une tragédie ?
3. Relève des répétitions de sons ou de mots ou de phrases qui confèrent au slam son rythme.
4. Quelle conception de l'amour est défendue dans le slam ?

En conclusion

Dire l'amour de différentes manières permet de dire différents amours : l'amour heureux ou malheureux, l'amour dissimulé, l'amour des mots, l'amour pour un pays, l'amour de la tolérance.

L'amour est difficile à exprimer, car il est finalement pluriel et parfois changeant. Murmurer son amour ou le proclamer, c'est affirmer son existence avec une force comparable.

TABLE ICONOGRAPHIQUE

Couv.	ph ©	Laurent Philippe / divergence-images.com
Rabat 1 ext.	Coll.	Christophel © Bazmark Films / 20th Century Fox
Rabat 1 int.	Coll.	Christophel / RnB © Mirisch Corporation / Seven Arts Productions
Rabat 2 ext.	ph ©	akg-images
Rabat 2 int.	ph ©	Photothèque R. Magritte / Adagp, Paris 2020
Frise	ph ©	Bridgeman Images
3	Coll.	Christophel © Temple Hill Entertainment / TSG Entertainment
7	ph ©	Look and Learn / Bridgeman Images
8	ph ©	akg-images / arcaid / Marcel Malherbe
11	ph ©	GraphicaArtis / Bridgeman Images
25	ph ©	Bridgeman Images
37	©	Mya Lixian Gosling
49	ph ©	Lebrecht History / Bridgeman Images
62	Coll.	Christophel © Bazmark Films / 20th Century Fox
63	Coll.	Southampton City Art Gallery
75	ph ©	akg-images / De Agostini Picture Library
80	ph ©	Gwen Watford Collection / Bridgeman Images
91	ph ©	akg-images / Alexandra Exter
102	Coll.	Christophel / RnB © Mirisch Corporation / Seven Arts Productions
103	ph ©	Laurent Philippe / divergence-images.com
113	ph ©	akg-images / Interfoto / Sammlung Rauch
115	ph ©	Julian Hartnoll / Bridgeman Images
141	ph ©	The Maas Gallery, London / Bridgeman Images
146	ph ©	Artedia / Bridgeman Images © Adagp, Paris 2020
152	ph ©	Look and Learn / Bridgeman Images
172	ph ©	Globe / Zumapress / Leemage
177	ph ©	Ken Welsh / Bridgeman Images
199	ph ©	Bruno Réquillart / RMN-GP
201	ph ©	Godong / Leemage
202	ph ©	Bridgeman Images
204	Coll.	Christophel © Temple Hill Entertainment / TSG Entertainment
206	ph ©	Bernard Michel Palazon
210	Coll.	Christophel © Camera One / CNC / DD Productions
212	ph ©	akg-images / De Agostini Picture Lib. / A. Dagli Orti
214	ph ©	Photothèque R. Magritte / Adagp, Paris 2020
216	©	Éditions Gallimard
217	ph ©	akg-images

PAPIER À BASE DE
FIBRES CERTIFIÉES

Hatier s'engage pour l'environnement en réduisant l'empreinte carbone de ses livres. Celle de cet exemplaire est de :
450 g éq. CO_2
Rendez-vous sur www.hatier-durable.fr

Iconographie : Hatier Illustrations
Graphisme : Mecano – Laurent Batard
Mise en pages : Alinéa
Édition : Clothilde Diet
Illustrations : Patrick Deubelbeiss

Achevé d'imprimer par Black Print CPI Iberica S.L.U - Espagne
Dépôt légal n° 06353-2/01 - Mars 2020